樂 府

·

心里满了,就从口中溢出

果麦文化 出品

阿包 Ad Bel

阿包 著

SPM 南方传媒 广东人民出版社
·广州·

会议记录

发言内容

第三年就生老二还有爱好我们的家就行了,当时我就跟老赵说实话我是那~~天你老赵~~一种女人你老赵应该知道的,那时候我跟老赵说这几天你就不要去上班啦,你就好好的想吧,等你想好了你就跟我讲,该怎么做就怎么做那时候我就在想,如果老赵选择真的不要我了,那就带我大的女儿去景阳来祖房子住,我也打工来养他,那时候都回家来了老赵的前妻也是天天都来我们睡,他的前妻到我们来的时候他什么都不说,她一来他就进去里面睡觉,第一晚上,我拉的老赵还是去和他一起睡,那时候我就和我两个女儿睡,到第二天第三天第四天,我也不知道怎么老赵就没去和他睡了,那时候老赵就在沙发睡当时的他又喝酒又抽烟,直接连三天三夜没睡过觉,那时候我也没有说他,那时候我们三娘毌早上起来就去买点菜来煮来我和奶奶两个小孩我们一起吃,当时我又能去打开木柜子里面把我们的结婚证拿到手上,那时候我在想随便你们怎么处理,过了五天他的前妻就没上来我们家了,那时候老赵就喊奶奶去买一点菜来煮,那时候我是吃的是晚饭那时候老赵就开始说好说,小李说实话,我是喜欢你的,你小小的年纪就嫁给我,还要跟我生了,两个小孩,你跟我结婚有四五年啦,你和我生

24

会议时间	点 分开会	会议地址		主持人	
	点 分闭会				
会议名称				记录人	
出席人					

发言内容

前妻不一样,你又吃得苦又勤快又惠管家,我怎么舍得让你出去,我不会让你出去的小李,那时候老赵会说会哄人,那时候老赵还说,你看你出去这几个月看你瘦多了,当时老赵还说我的前妻来这里的目的是,他看你小孩还小他是来跟他们洗衣服的,那时候我就生气的跟老赵说他来洗衣服就来和你睡觉吗,当时我就骂老赵,那他就可以来和住在一起吗,当时老赵还说那你现在回来了,他还是下去了吗,那时候我跟老赵那你们这样做就是侮辱我吗,说实话老赵我是不想去告你们告你们都要坐牢的,当时老赵没有话说,那时候我回来都有三四天了,那时候我们住的房子都是只能(?)有两层楼的,那时候我们住的那房子,家里都没有厕所,楼下有一个公共厕所,那时候我们家上厕所的时候必须要下去,那时候有隔壁邻居还有上上下下都看见老赵的前妻天天都来我们家,那时候有的人也可怜我,但是有人恨老赵的就巴不得有好戏看,有一天我下去上厕所的时候就有人跟

25

苗语民歌

Hxak Hxat*
伤心的歌

* Hxak Hxat，苗语拼音，意为"伤心的歌"。
阿包说，自己伤心流泪时，常常会唱起它。

niangb zaid mais seix liel
在娘家愁啊

mongl zaid sangs seix liel
在夫家也愁

mongl khongd dlongs vangx bil
去到那山岗

mongl ngangt dius nangx niul
去寻一株茂盛的草

dius det deis dlenx jil
去找一棵葱郁的树

vil hlat xol dax mongl
拿一根绳索

khenb ghongd das niox hol
吊颈死算了

dail xid vangs niangx yel
谁人在乎我呢

mongl zaid sangs seix hxub
回娘家愁啊

mongl zaid nal seix hxub
回夫家也愁

mongl khongd dlongs vangx ghaib
去到那山岗

mongl ngangt dius nangx vob
去寻一棵草木

dius det deis deix nib
去找高耸的树

vangs hlat xol dax khenb
带上麻绳

khenb ghongd das niox khab
吊颈死算了,阿哥啊

dail xid vangs niangx xenb
谁人在乎我呢

目录

1 自序

第一章	9	没妈的孩子
第二章	27	嫁给年长的老乡
第三章	51	被拐卖到河北
第四章	105	守护自己的家
第五章	127	去医院当保洁员
第六章	153	两个女儿慢慢长大
第七章	173	接二连三的厄运
第八章	221	给富婆当保姆
第九章	245	两个半婚礼
第十章	255	我中了电信诈骗的圈套
第十一章	261	送别两个老人
第十二章	277	像我们这样卑微的生命

自序

说实话,在写这本书之前,我从来没有想过要写书。不要说写书,就是写字都不敢想。

事实上,我一生写字的机会都很少。我这一生对写字最难忘的印象就是在北京和武汉的收容所里,他们叫我签字,我觉得我写得很不好,因此担心他们不会送我回家。那个时候,我真的是很后悔小时候没有争取到读书的机会。现在回想起来,我小时候还是没有尽全力去争取,当时如果我始终坚持去学校,估计我爸爸最终还是会妥协的。当然,那个时候，我们那地方的女孩子大多数都是不读书的，这个情况多少也影响到我。我姐姐是一天学都没上过，我妹妹也是没有上过学堂，我比起她们来，还是好一点，我去读了两年，后来爸爸妈妈不让我再去上学，我就没有办法了。

在学校的两年，我学会了写字。但我会写的字很少，因为我会认的字也很少。但我是很想认字的。可惜我不会拼音，否则我可以通过字典来认很多字。我写完这本书之后，潘哥就说，你这样写太慢了，我教你在电脑上打字吧。他就教我打拼音，因为他也是打的拼音。但我不会拼音，怎么学都学不会，最后还是放弃了。我现在写点什么东西，还是靠手机上语音转换文字的这个功能。如果没有手机，或者手机上没有这个功能，那我可能一个字都写不出来。

我为什么要写这样一本书？

仔细想来,我最早产生写书的念头,是我被人拐卖逃回贵阳之后,当时我只想告诉我的两个女儿,我那些日子是怎么过来的。我希望她们能懂得我经历的生活。但当时也只是一个闪念,因为我知道自己没有那种能力。我不识字,所以我根本就不懂得应该怎样才能把我经历的一切写下来。所以,我当时的念头只是一闪而过,没有真正留在心上。

　　真正让我重新动起这个念头的,是后来我跟潘哥在一起生活之后。那是 2018 年冬天里的一天,我在贵阳突然接到潘哥的来电,他说他患有严重的腰椎间盘突出症,问我能不能帮忙照顾他一下。我问他到底怎么啦。他说,我病了,女儿在外地读书,又正在写毕业论文,不想耽搁她,她妈妈早在半年前就离家出走了,我现在是一个人生活,没有人帮我……我听了,心里很难过,就说,那你先过来吧。看到他挂着拐棍一步一步走出车站的样子,我的眼泪都下来了。我把他带回家,安排他住在我女儿租的房子里。我开始是打算把他送到医院去的,但是他说他不想去医院,他说前年也是因为这个病去了一次医院,差点被弄死了,所以他不想再去医院了。他就叫我帮他按摩。我就听他的,每天都给他按摩,每一次都给他按二十分钟到一个小时的样子。按摩的时候,我就情不自禁地讲起我的故事给他听。他也很喜欢听。潘哥就说,阿包,你这个经历,可以写一本书啊。那时候我就想,是啊,我的经历是可以写成一本书了,但是,我不会写啊。所以我对他说,你来帮我写嘛潘哥,写出来给娃娃们留个纪念。他也答应我,说嗯嗯嗯,等我得空了,我会写的。但是,一天天的时间过去,我看他总有忙不完的事情,估计也不会有时间来写我的故事了,所以,我就想自己偷偷写。

我就去超市买来两本信笺纸,偷偷写了起来。

我像在微信和抖音上跟人聊天一样，我先讲话给手机听，再按翻译键把讲话变成文字，然后我又把这些字抄到本子上。

有一天晚上我写得很晚，被潘哥看见了，然后他就去找他的两个笔记本来给我写。我问他这样写可以不？他说，可以啊，写得蛮好的。他这样鼓励我，我就写得更加展劲[1]了。

那个时候，我还带着我的外孙女苗苗，她才一岁多一点，因为她妈妈要上班，没时间带她，就把她交给我带。我就一边带着苗苗，一边照顾潘哥的生活，然后我要等到他们都睡觉了之后，才开始坐下来写我的故事。

我记得前前后后大概花了一年的时间，总共写满了两本信笺纸，还有两个笔记本。然后我把它们

1　展劲，贵州汉语方言，起劲的意思。

交给潘哥，他大概花了一个多月的时间帮我修改了一下，就成这个样子了。

　　所以，说起来呢，我写的这个书，首先真的很感谢有潘哥来鼓励我，我才写下来的。其次，我也要感谢我的两个女儿，当她们知道我在写这个书的时候，她们也没有反对我，因为我写的故事都是真实的，而我经历的这些事情，说起来都不是什么值得骄傲的事情，尤其是我被拐骗到河北去的事情。我当初在写的时候，心里也是很纠结的，我担心这样的事情写出来，会让我的女儿们感到难为情，但是，她们都很懂事，她们说，没关系的妈妈，我们不会因为这样的事情感到难为情的，相反，我们会为拥有你这样顽强的妈妈而深感骄傲。第三，我还要感谢这个时代的科技进步，让我能够用手机的语音功能来写作，如果没有这个东西，我也还是写不成这本书。

这本书会对别人有用吗？会对社会有用吗？我不知道。但我希望，像我经历过的这些苦日子不要再发生在孩子们的身上。我希望我们的国家一天天好起来，我们穷人的日子也一天天好起来。

2022.6.19 写于贵州盘杠村

第一章

没妈的孩子

还没动笔,我已落泪。我不知道该怎样来述说自己的人生,很多年里,我一直都在怀疑,我是不是一个因为投错了胎才来到人间的什么动物?我的前世难道是猪?是牛?是马?还是别的什么牲口?我因为走错了路来到人间,却依旧没有改变一生是牲口一样的命运?

我叫李玉春,是一个苗族人,所以我有一个苗族名字叫"包里给"。"包"是我的名字,"里"是我爸爸的名字,"给"是我爷爷的名字,我们苗族就是这样称呼人的,所以家乡人都叫我"阿包"。

我的老家在黔东南的雷山县固鲁村,从小家里穷,所以我没有上过几天学,我不认识字,没有文化。所以我是一个很苦命的女人。我受的那些苦每每想起来都让我掉眼泪,但是我不怪谁,我只怪我自己的命不好。

我是1968年5月1日出生的,今年五十三岁。我想写我的人生是怎么过来的,我想回忆我一生前前后后的故事……我想告诉我的女儿和外孙女们,我这一生到底经历了什么。

小时候我家有六个人,有爸爸、妈妈、哥哥、姐姐,还有我和妹妹。那时候我觉得我爸爸是个很了不起的人,对我妈妈和我们四兄妹都很好,六七岁的时候我觉得自己还是很幸福的。

我妈妈是个地地道道的农民,她也是不识字的。但我爸爸读过一点书,他认得字。他不仅认识字,他还当过我们生产队的会计很多年。我听我爸爸说，他原来是有工作的，在凯里市公安局。后来是因为娶了我妈妈，家里没饭吃，妈妈才逼着爸爸辞掉工作回家来的。所以我后来常常问我爸爸，我说爸爸，如果你不回家来的话，我是不是可以读到书啊？爸爸一直没有答复我这个问题。

1975年的时候妈妈就开始生病。我妈妈得的那个病是气管炎。因为家里穷，就没有去大医院治疗。但我爸爸还是尽力带妈妈去看病了，我听爸爸说，医生说这个病老火[1]得很，必须住院。我记得爸爸是带妈妈去都匀医治的，住院十多天就回来了。

1976年的时候我就有八岁了，那时候妈妈的病加重了，爸爸又忙，他是生产队的会计，我就来照顾妈妈。一个多星期后妈妈就不行了。她已经连续

1　老火，贵州汉语方言，形容问题严重。

三天没吃东西了。我记得爸爸那一天就对我们说："你们别出去玩了，不知道你们的妈妈今晚上还在不在。"爸爸说这个话的时候，我就看见他掉眼泪了。我们还不知道是怎么回事，我还去问爸爸，爸爸你哭什么呀？爸爸擦着眼泪对我说："你妈妈走了，谁来照顾你们哟。"我爸爸这样说的时候，我还不知道他在说什么。

1976年12月28号的白天，妈妈的脚是冰的。到天黑了，爸爸对我说："你和妹妹，你们两个一起来跟妈妈焐下脚。"那天晚上爸爸把妈妈挪到有火的地方来睡，我和妹妹就一人抱着妈妈的一只脚，跟着妈妈一起睡。一直睡到12点的时候，妈妈就不行了。那时候都很晚啦，我们都睡着了。我哥我姐都在旁边睡着了。爸爸看妈妈话说不出来，就喊我们起来。我就迷迷糊糊地听到哥哥和姐姐的哭声。那时候我被吓到了。我站不起来。还好，我姐姐过来把我背出去。我妈刚断气的时候，我们苗族人都说小孩不能待在身边的。那时候我小啦，我以为妈妈躺在家里过两天还会醒来，所以到第三天寨子上的人们准备把妈妈抬上山去的时候，我真的还不明白妈妈从此永远离开了我们。

过了一个多星期，我才慢慢地知道我的妈妈不在了。那时候还没有分田到户，还在搞集体，大人都去干活，我爸和我姐都去抢工分，我和妹妹在家。过了两三个月多的时候，我都一直不敢回家，就好像有我妈妈的影子在跟着我屁股似的。只要我爸和姐姐没在家，我和妹妹就不回家。所以我爸爸和姐姐去干活一天不回家，我和妹妹就一天没饭吃。那时候我就知道害怕了。

到了1977年，我就有九岁了。那时候我家爷爷奶奶还在，他们叫我爸爸找一个后妈。爷爷奶奶说的时候，我就在他们旁边，听到他们劝我爸爸。

爸爸就说不找了,找来怕对我的孩子不好。爷爷就说,他们几兄妹还小,必须找一个来照顾他们。以前是老人说了算,那我爸爸就没办法,只能接受了。

我能记住很多小时候的事情。我记得那个新妈妈第一次到我家来的时候,是带着她家四个小孩一起来的,一个姐姐,一个哥哥,还有一个妹妹和一个弟弟。我心想,这下应该有伴一起玩了,但实际上他们都不喜欢跟我们玩。

他们来了一年多,就开始分田到户了。我们每个人都分到了一份田土。寨子上的人就说我爸爸这下子赚大了,他哪里是娶了一个婆娘,他简直是捡来了一片山河。但我爸爸却高兴不起来,因为那时候我们的田土还没种出粮食来,而我们家有十张嘴要吃饭,所以爸爸成天都是愁眉苦脸的样子。

到1979年9月份的时候,我们就开始报名读书了。然后呢，我家那个新妈妈就说，女孩不许上学，只有男孩子才能上学。所以那个时候我哥哥是得去上学的，他后来一直读到高中。我们女的都没有上学。我姐姐，我，我妹妹，我们都不准去读书。因为那时候我们家人多，八个孩子两个大人，一共有十个人吃饭，粮食非常欠缺，所以我们家吃饭只能吃两餐，早上起床就去干活，到10点钟才回来吃早饭，吃了饭又去干活，到下午6点多才回家，然后到晚上9点左右才吃晚饭。

到了1980年，我就有十二岁了。那时候我真的是太想上学了，虽然还不懂得只有上学读书才有出路，但我真的是很想去上学。每当我和姐姐出去干活，经过我们村的学校，听到学校里书声琅琅的时候，我心里就很难受。我会站在学校外面的围墙往里看，有时一看就是个把小时。但那时候我们真的太老实了，大人不给钱让我们去学校报名，我们自己也不懂得跟大人们争取。

其实我心里还是有算盘的。那时候的学费才两块八毛钱一个学年，我觉得这点钱其实自己也是可以想点办法的。有天早上起床后，爸爸就安排我们三个大点的孩子做活路[1]，要我们一个去砍柴，一个去割草，一个在家做饭，小的妹妹就暂时没安排做什么事。我想了一个晚上，第二天我就跟爸爸说："我来做饭可以吗？因为我的动作快点，做好饭也快点。"爸爸一口答应了我，说好啊你做饭。听到爸爸答应，我的心里高兴极了。你们说我为什么高兴呢？因为我知道，如果爸爸安排我煮饭的话，我就距离自己的目标近了一点。什么目标呢？就是读书的目标呀。我想自己去找学费来报名读书。我想，每天 7 点钟就起床做饭，8 点半就能把饭做好，然

1　活路，西南地区汉语方言，泛指各种劳动，特别是体力劳动。

后我就可以去学校读书了。我们家离学校不远,十多分钟就到了,我就偷偷摸摸地去上学。

　　一个多星期后,我爸妈就知道了。那时候我心里好害怕。我的那个新妈妈已经很不舒服了,她叫我爸爸别让我去上学。那时候就真的为难我的爸爸了。我们家是三层楼的木房子,不隔音的,在房间里说话外面听得见。有一天我听到爸爸对我后妈说:"她要去学校就让她去吧,反正她事情也做完了。"听到爸爸这样说,我就不再害怕了,我继续跑去上学。

　　不知不觉,第一个学期就要结束了!我又开始操心第二个学期的学费。第一个学期的学费,我是想了很多办法才凑齐的。我挑红薯藤到街上卖,一共卖得了八角钱。红薯藤才一分钱一斤,我每次只能挑二十斤,最多只能卖到两角钱。要卖四次才得八角钱。于是我又跟别人去山上割一种叫"扑鲁噶"

的草药拿到街上卖,卖了一块多钱。同时我还跟人去山上采茶叶去卖,也赚了一块多钱。我们家乡盛产茶叶,那时候家乡的"银球茶"和"清明茶"已经在全国出了名。比较下来,我觉得还是采茶叶最划算。于是,我就跟朋友去山上采茶叶。以前的茶叶很少,不像现在满山满岭,但是我一天也能采到一斤多的茶叶。然后拿回家来自己加工,再卖给收茶叶的人。讨[1]了两个多月,我的学费就足够了。那时候讨茶叶去卖是要分等级的,第一级是卖三块钱一斤,第二级卖两块钱一斤,第三级卖一块五一斤。我第一次就加工成了好茶叶,是第一级的茶叶,就卖得了三块钱。

到了1981年,我都有十三岁啦,开始上二年级。我家的新妈又开始反对我上学。我心里想,不管你

---

1 讨,贵州汉语方言,这里指采摘。

让我做什么活都可以，但是你得让我去上学。有一天早上，爸爸就安排我去割草，我说可以啊，割草我可以去割的。然后，每天早上，我 6 点钟就起床去近点的地方割草。一个小时就可以得草啦。草挑到家我就去上学。我活也干了，书也读了，那时候我爸妈也不再说我什么了。

就这样，我辛苦了一年，读完了二年级。现在想起来真的太辛苦了。我有时候想起来真的很伤心，眼泪忍不住流出来。心里面就在想我为什么会那么辛苦？如果我妈在就好了。那时候我也不知道读书就会有工作，这概念根本都没有，心里面只想着要读书。这二年级也读完啦，又开始上三年级，我把辛辛苦苦赚来的钱拿去报三年级的名。第一个学期的书我都领回家来啦，但有一天早上我爸和后妈却对我说，以后你不要去上学了。我就跟爸妈说，那我干完活才去上学也不可以吗？爸爸跟我说："不可以,女孩读什么书嘛,好好干活,长大了嫁人就完啦。"我跟爸爸说,钱又没有跟你们要一分钱,是我自己去挣的。爸爸就说:"家里现在很困难,你那个钱要拿来给家里用,不能拿去给学校。"我就掉眼泪跟爸爸说,爸爸求求你让我去上学吧。爸爸说:"你们姊妹多,就你一个人去上学,其他人都没上,这样子不好。"我就哭着给爸爸说,爸爸我自己挣钱去读书,不影响给家里干活可以吗?爸爸对我说:"你哭也没用,再说你要听话,你们姊妹多,我有什么办法嘛!"

因为无法说服爸爸妈妈,那天我就在家哭了一整天。

我还记得我们的老师是一个男老师,姓杨,他看到我爸没送我去读书,有一天放学,他就到我家来跟我爸爸说,你女儿学习很好的,你应该让她去读书。那天下午我刚从地里干活回来,一看是杨老师来我家，心里好高兴，我以为爸爸会送我去上学，没想到爸爸铁了心不再让我去。杨老师到我家来开导爸爸的时候，我在旁过就听到爸爸对杨老师说，老师你不知道我们家里的情况，现在我们农村很困难，再加上她们姊妹多，供不起呀，还是不上啦。说完，他自己也掉下了眼泪。

看到爸爸在掉眼泪，我就对老师说："老师，就这样吧，今年我不去读了，明年再去吧。"

杨老师看到说不服我爸爸，就回去了。

我说了，我是一个头脑很简单的人，我说明年再去读，心里就真的想着明年还可以再去读。但实际上，我再也没有读书的机会了。因为从那以后，杨老师也不再来我家动员我爸爸了。那年头，我们村里辍学失学的孩子很多，女孩尤其多，所以杨老师大概也觉得我的辍学是情理之中的事吧。从那以后，我再也没有回到学校。我也因此一生只读了两年书，只懂得简单的算术，主要是懂得加减法，乘除法都不知道。在学校的时候是认了一些字，但后来都忘光了，现在我只会写自己的名字。

1982年我十四岁了，如果爸爸不阻拦，那我就该念三年级，但我实在是没有读书的命，我就每天跟着姐姐和哥哥一起干活。有时候我边干活边哭。尤其听到学校上下课的铃声，心里不用说有多难受。我哭了一个多星期。白天干活，晚上就梦见去学校读书。那时候我对读书这件事真的并没有死心，心里总想着说不定哪一天爸爸想通了，或者杨老师再来我们家跟他做思想工作，他就答应我再去上学。但是，做了一年多的上学梦，终究是等不来爸爸答应我去读书的现实。说实话，为上学的事，那一年我几乎天天晚上都在做梦，然后梦醒来就总是很懊悔，觉得我不该去做这样的梦。

到了1983年，我就十五岁啦。爸爸和妈妈都没有丝毫让我去上学的意思，我也明白这一生再也不会有上学的机会了，就一直在家里干活。因为很勤快，家里反而觉得我是一个不可多得的帮手，就更加不让我去上学了。

我们兄弟姊妹多，一共八个，四个是新妈妈带来的，然后我家也有四个。新妈妈到我们家来对我们很不好，当然现在我们也可以理解她了，但当时我们真的很恨她。她带来四个孩子，两个大的和两个小的，两个小的比我还小，那么多人要吃饭，生活当然很困难，所以那时候我们这个小新妈就把米油盐所有吃的东西都锁起来，全部由她来掌管，每次做饭都是由她拿米出来给我煮。我们家的大米很少，要加一半苞谷才勉强够吃。其实还是不够吃，因为人多了，吃饭时吃快点就有两碗饭，慢一点只能有一碗饭。所以每次吃饭的时候，新妈就准备两个大碗，给她的两个小孩。她也不管我们饱不饱，实际上我们根本吃不饱。我和妹妹每次才有一碗饭，我们每天都空着肚皮去干活，所以一到山上我就开始想我的妈妈啦，总想着如果妈妈在的话我不会是这样子吧。

那时候还没有出去打工的概念，每天只能在家干活。家里的活路总是做不完的，但我们有时候也会做一点自己的"私活"，就是去做点什么来换钱，然后给自己买点衣服之类。比如三四月份的时候我们就到坡上采那个蕨菜，一般是头天晚上就把包缝好，然后凌晨5点多钟起床，上山采蕨菜，采到蕨菜后直接挑到菜市去卖。要卖一个多月才可以有二十多块钱。有了这二十多块钱，我就可以买布来做衣服和裤子穿啦。因为之前看妈妈做过，所以大概知道怎么做，我很快就学会做了。那时候布料很便宜，才四毛钱一尺。鞋子就买解放鞋来穿。

小的时候没有妈妈真的很辛苦，很可怜，所以现在看那些没有妈妈的小孩我真的很心疼。因为我从小就过着这样的苦日子，那种辛苦的滋味只有我自己知道。

第二章
嫁给年长的老乡

1984年的时候我就十六岁啦。那时候家里真的太困难了,困难到连饭都吃不饱。我们家的粮食全部由我后妈保管,只有她一个人有房间的钥匙。她把钥匙拿在手上,她不在家的时候我们就只能挨饿,一粒粮食也吃不到。有时候我们会连续挨饿几天。有一回我哥哥从学校放学回来,看到我们都饿着肚皮没有饭吃,哥哥就一脚把门踢烂了,然后去屋里拿出米来给我们煮饭,还拿出腊肉给我们煮来吃。后妈回到家,气得脑壳冒青烟,拿着柴棒要打我哥哥，我哥哥夺下她的柴棒，说你以后再敢饿我的几个妹妹，我就打死你！我后妈那次就怕了，后来不敢再故意为难我们，但我们家的粮食始终还是不够吃，没米下锅的时候，我后妈也会偷偷掉眼泪。

恰恰是在那两年，也就是从十六岁到十八岁的时候，我正在长身体，感觉自己特别能吃，吃一碗米饭就像是在吃一颗三月苞[1]，感觉还没经过嘴巴就到肚子里去了。

也是在那两年时间里，我的姐姐先出嫁了。似乎少了一张吃饭的嘴，但姐姐是大劳力呀，没有她的帮助，家里的收成也少了很多。然后我的哥哥也成家了。但哥哥成家后却没有跟我们分家，他很快就给我们这个大家庭新添了一男一女两张吃饭的嘴，使得我们这个本来就总是缺粮的家庭，变得更加困

---

[1] 三月苞，黔东南山区一带一种常见的像草莓的野果。

难了。

  我家有一个姑妈,看见我们家真的很困难,饭都不够吃,姑妈就给我爸爸说,我有一个亲戚在贵阳,要找一个小女孩去跟她看一下孩子,我去问一下,如果她要人的话,就叫阿包去,你看可以不?我爸爸说,可以。姑妈就去问好了,回来给我爸爸说,就叫阿包去吧,阿包这个孩子又勤快,又能吃苦,可能可以的。后来爸爸就跟我说,阿包你去贵阳跟一个表姐带小孩嘛,去她家你可以吃饱饭。我跟爸爸说我不去,我说我不会说汉话。爸爸说,那个表姐也是我们苗族的,又是我们亲戚,你就去吧,你叫她姐姐就行啦。爸爸又说:"你去吧,我们家饭也不够吃,你听话点就去跟她看一下孩子,有饭吃就行了,不要工资都可以啊。"我想了想,说:"好嘛,那我就去吧。"

  就这样,时间来到了1986年的10月份,我就到贵阳来啦，到姐姐家来带小宝宝。那时候小宝宝也已经有三个多月了，长得健康又可爱。我也喜欢小孩子，当时我跟表姐说，我来帮你看小孩不要开工资给我，有饭吃就行啦。表姐说，要给你钱的。第一个月、第二个月我没要一分钱，然后到第三个月，姐姐说，还是给你发工资，其实看孩子是很辛苦的。那时候我就没说话，姐姐就发工资给我了。

我记得第一个月是二十块钱吧，拿到那么多钱，我的心里真高兴。但那时候有工资我都不知道怎么用。我都是全部拿给我哥哥家用。我哥哥在1984年的时候结婚成家了，到1986年他们就跟父母分开自己过了。刚成家没多久的哥哥家里是很困难的，哥哥得到我的帮助，他的负担就减轻了很多。

我在姐姐她们家待了差不多三年。姐姐一家人对我都很好。姐姐和姐夫都是大学生，在同一个单位上班，我们就像一家人一样在那单位里出出进进。

那时候也有几个像我一样从农村到城市去给人带孩子的小女孩，我们平时在院子里相遇的时候，大家都要议论到各自主人对待我们这种人的态度。"还是你们家姐姐和姐夫好，他们把你当自己家里人看待。"一个老乡这样对我说。她跟我是一个村的，她也是去跟姐姐她们单位的一户人家带孩子，但那户人家的主人好像对她很挑剔，她经常挨骂。"你姐姐和姐夫从来不骂你吗？"有一次她这样问我。我说，没有。她就说，你的命真好。

但是，到了1988年，我记不住是哪个月份了，姐姐和姐夫就突然分开啦，姐姐说她要和孩子的爸爸离婚，叫我帮她把小孩带到我们老家去待一两个月。"等小孩熟悉外婆和外公了，你再回来贵阳找事情做。"我跟姐姐说可以的。

我就带着宝宝回雷山老家待了两个多月。

两个多月后，等我从老家带宝宝回到贵阳时，姐姐已经是一个人生活了。然后，姐姐把宝宝送去上幼儿园，我就没有事情做了。姐姐就开始给我找工作。刚开始，她也没有给我找到合适的工作。我就自己在都司路找了一份在理发店给人洗头的工作。那工作很苦，一个月不到，我的手就全部脱皮了，但我还是在那里坚持了几个月，最后实在干不下去就离开了。

姐姐有一个亲戚在林东矿务局工作，做的是电工，因此他跟附近很多小作坊和家庭工厂熟悉。他认识一家做皮鞋的女老板，那个女老板手下有十多个工人，加上老板一家，有二十来个人吃饭，他们需要一个人给他们做饭，姐姐的亲戚就介绍我过去给那女老板做饭。

我就去了。那女老板看我很勤快，就非常喜欢我。她有个儿子，年龄和我差不多，还没有成家。女老板就一心想"培养"我当儿媳。但我当时很憨，没有明白她的意思。其实那个时候她去贵阳进货或出货都带着我,甚至钱包有时也交给我保管。我就慢慢熟悉了做皮鞋买卖的全部过程。

不久之后,我认识了老家的一个伯妈老乡,那伯妈老乡就问我有朋友没有?我说我没有。那伯妈老乡就说,那我介绍一个给你好吗?那时候我都不知道什么叫男朋友,就答应了,我说好啊。其实我当时心里想的是,在这个人生地不熟的地方,能够认识一个老乡会好一些,可以有个照应什么的。伯妈老乡说,那个朋友年龄稍大一点,但人蛮老实的,我看你们很合适。

第二天我下班后就应约去这伯妈老乡家。伯妈老乡跟我说这个人也是我们老家的,但他是结过婚的,离婚才有一个多月,还有一个女儿都有七岁了。那时候我都有二十岁啦,但一点事都不懂,连什么叫嫁人都不知道。伯妈老乡介绍那老乡给我,她说他的学名叫赵兴彪，大家都叫他老赵，在附近煤矿厂当工人，是我们雷山的老乡，而且是苗族……听伯妈老乡这样一介绍，我心想，是老乡就好啊，所以就点头了。

那天晚上，老赵没上班，就过来看我，因为我们都讲同样的苗话，就感觉蛮亲切的。老赵当然是第一眼就看上了我。但他跟我说，我的年龄比你大哦，你要考虑好。那时候我的脑壳都是蒙的，根本没去考虑这个年龄的问题。我知道他的年龄看上去比我大，但是大多少我根本不知道。我只觉得他那样子很憨厚，是个值得信赖的人。

自从那天认识之后，老赵每一天下班都来喊我到他家去玩，一次两次三次，然后我就住在他家了。那时候我真的还不知道是嫁给他了，只以为是去走亲戚一样的。唉，我这个人的头脑就是这样简单，太过于简单了。

然后,我和老赵就结婚了。第二年,也就是1989年的10月10日,我生下了我们的大女儿。直到这时,我才突然感觉自己长大了,因为我自己都已经是母亲了,再也不是原来的那个小女孩了。后来我才慢慢知道老赵大我十八岁,他是1950年的,我是1968年的。刚开始时,老赵的工友们常常拿他开玩笑,说些老牛吃嫩草之类的话,甚至有些苗族老乡还用苗话说,老赵你去讨这样一个嫩婆娘,你就不怕折寿短命吗?那时候老赵倒是蛮高兴的,任何人开他的玩笑,他都是一副笑眯眯的样子,只是我觉得有些难堪。但女儿生下来之后我就慢慢地习惯了。

我们的生活过得很平凡。他的工资才一百五十多块钱,家里还有一个老妈,他还有一个大女儿,加上我和我的女儿,我们家是五个人在一起生活,三个大人两个小孩。光靠老赵的工资当然养不活我们这么一大家人,所以我还要继续拼命打工赚钱。我做过很多的活路,打扫厕所,掏粪,下水泥,打石头,卖菜,搞家政……什么脏活、累活、苦活我都做过。现在想起来我还常常偷偷掉眼泪,但当时我觉得自己很年轻,感觉也没有现在想象的那么苦。

女儿一岁多的时候,我又怀上了第二个孩子。那时候我就想,这事情怎么办呢?到底要还是不要呢?因为我们名下已经有两个小孩了,再要一个就超生了,首先是国家政策不允许,其次我也担心三个孩子我可能养不起。那时候我家老赵就说要吧,不管他是男还是女,再要一个,我也死心了。我知道,老赵很想要一个儿子。本来,按照我们老家地方的习惯,一个人再困难也应该生养一个男孩子的,否则就要被人瞧不起。老赵家有两兄弟,他是老大,那时候他弟弟还没结婚,他如果不生育一个男孩,他们家人在老家地方是抬不起头来的,所以他想冒险再生一个。那我就听他的，我还是把我第二个孩子生下来了。可惜，第二个也是女儿。但老赵后来对第二个女儿也蛮喜欢的，他知道，这不能怪谁，要怪，只能怪我们自己的命。

我们的第二个女儿是1991年生的，那时候我都有二十三岁了。那时计划生育抓得很紧，我怀第二个孩子有五个月时，就带着大女儿一起回老家去住，跟我爸爸妈妈和哥哥嫂嫂住在一起，一直住到孩子生的时候才去医院。那时候看到我生下来的又是个女孩子，外婆和外公都说这孩子不要了，送给别人算啦。他们几个老人都说我再生第三个就肯定是个男孩了。我就跟外公外婆解释，说我们是在贵阳生活，大城市里生男生女都一样，如果我在老家的话，就可以考虑再生个男孩，但我现在住在贵阳，生男生女都一样，你们几个老人不要为我担心这个事情了。我们三母女就住在老家的医院里，住了三十天，我们就回贵阳了。

我的二女儿乖得很,她能吃能睡,而且是吃饱了就睡,很少哭闹,所以我回到贵阳后,有五个多月都没人知道我家多了个小孩。但家里的生活就困难啦。老二吃母乳到八个月我就不让她吃了,所以还得给她买点奶粉之类的东西来补充营养。但我们家里还有个老奶奶,还有个大女儿十岁了,她也上学了。人多,吃饭的嘴巴就多,老赵那点钱根本不够我们家的日常开支。

我就想着要给我的老公减轻一点负担。我就开始去卖菜。每天早上 5 点多钟就起床去跟附近的农民兑菜,然后挑到贵阳的菜市上去卖。但到菜市场去卖,我们没有固定摊位,所以很困难,第一是怕被同行欺负,第二是怕城管。同行的欺负我觉得还好对付,因为他们主要是害怕我们压价,所以有时会给我们出点难题,故意为难我们一下。遇到这样的情况，我们只要跟他们说点软话，一般都不会有什么大问题。最怕的还是遇到城管。因为城管一来，就不管三七二十一，把我们的菜没收，把我们的秤没收，我们就亏大了。我记得有一次，我在贵阳威清门被几个年轻的城管逮住，我求他们放过我，我说我现在就走，不在这里卖了，但他们丝毫听不进我的话，把我的菜没收了，还把我的秤也没收了。那个时候，一把秤也要七八块钱，我要卖几天的菜才能买一把秤。我真是叫天不应，叫地不灵，看着他们把我的菜和秤都拉上车子，我只能又气又急，但除了掉眼泪，我一点办法也没有。

　　卖了一段时间的菜后，我发现了一个新的卖菜地方，就是我们煤矿单位上，本身就有很多人需要菜，尤其是一些双职工，他们没时间去菜场买菜，但他们每天都需要吃饭呀，他们不可能天天吃食堂呀，于是我就去跟附近农村的那些种菜的阿姨们兑菜到单位上来卖。那时候我也跟她们混熟了,她们就直接挑过来兑给我。我就大挑大挑地买下来背到单位附近的菜市上去卖。刚开始我不懂得跟阿姨们讲价钱,我是边卖边学,看到有同事跟别人讲价钱,我也跟那些种菜的阿姨讲起了价钱。比如一挑白菜她们喊价二十块,我就还价十五块,她们也答应,我就全部跟她们买下来。我自己先把这些菜背到煤矿单位上来,然后去打水来洗好弄好,再重新来摆摊卖。相比之下,在这里卖菜,比去贵阳威清门卖好很多,起码,在这里不担心有城管。其次,我也用不着辛苦跑那么远——想起那时候去卖菜实在是太辛苦了。因为我们要一大早起来去跟当地农民兑菜,然后坐第一班公交车到威清门,不用说一路上的拥挤和颠簸,就是几上几下地搬运我们的菜,都非常累人。

因为我只读了小学二年级,并不真正识字,账也不会算，所以很多账基本上都是算错的。第一星期去卖菜没赚钱，回到家仔细算，还是没钱赚，我就知道，可能是我算错了吧。第二个星期慢慢就好了，我就会算啦。把菜卖完了，回家来还是有两三块钱的，还有就是，自己不用再买菜了，算下来，那也是一笔钱啊，也算是给家里节省了很大的一笔开支。

现在想起来那时候我真的很辛苦，早上去卖菜，然后到中午回来吃中午饭，下午我就拿洋铲去跟别人上煤炭。那时候有老板来我们煤矿开煤场，每天都有货车来拉煤。我记得我们有四个人去帮老板上车，上一车有十块钱，上完就来分钱，一个人能分到两块五毛钱。

所以那时候虽然辛苦一点，但是每一天都有钱赚。累是很累，但我心里是很高兴的。我想多找一点活来干，有一天，一个朋友跟我说，小李，我们那里有一个活路你愿意去干不？我就跟那个朋友说，好啊好啊可以呀愿意呀。然后我问他是什么活路啊？他说是倒煤渣。原来事情是这样的：他们的单位有八栋房子，都是楼梯房，而且都是八层楼，那时候所有的人家都烧煤，烧的是蜂窝煤，所以每一栋楼都有很多烧掉之后的蜂窝煤渣需要清理和打扫。但因为没有专门的人清理，楼道里总是堆满了蜂窝煤的煤渣，他们单位就提出来需要请专人来承包打扫。但八栋楼房，一个月他们只愿意给五十元劳务费，钱太少了，没人愿意去承包。但我考虑了一下，觉得我可以去承包。因为这份工作虽然很辛苦，但我觉得也比卖菜好，而且这份工作就在我们家附近，又不是每天都要去打扫，而是两三天才打扫一次，我就可以有更多的时间来照顾一下家里的小孩，所以我同意了。

这份工作我每天从早上 8 点到中午 12 点就干完

了。那的确不是一个轻松的活路，否则也轮不到我去做。但我觉得还是比卖菜轻松一些。当然，钱的确也没有卖菜赚得多。但后来我却因此又找到一份新的工作，于是我又去做这第二份工作。你们能猜得出是什么工作吗？哈，又是一份没有人愿意去干的工作。他们单位不是有公厕吗？一共有十二个公共厕所，我就答应他们去打扫这十二个公厕，每天都去打扫，每个月又多赚了五十块钱。干两份工作，每个月我就有一百块钱了。因为有了这一百块钱，我们家经济困难的情况改善了很多，老赵的压力自然也减轻了很多。

　　因为我有两份工作做了，就不再去卖菜了。那时候我家的两个女儿也都长大了，大女儿有五岁多，小的女儿也有三岁多啦。我去打扫厕所的时候，每个厕所不是有男厕所又有女厕所吗？我每天去打扫厕所的时候两个女儿都和我一起去，小的女儿负责跟我看男厕所里有人没有，如果有人我就在门口等，没有人我就进去打扫。

这两份工作我干了一年多差不多两年吧，真的可怜我家两个女儿，她们都到了该上幼儿园的年龄了，但没有钱去交学费，她们都没有去上学。特别是我家大女儿，她太懂事了。每天她都带着妹妹去幼儿园门口看小朋友跳舞唱歌。大女儿回家来就跟我说："妈妈，等你找到钱了，就送我和妹妹到幼儿园去和他们一起跳舞好吗？"那时候我听女儿说这话，心里就很酸很痛，但也只能偷偷地掉眼泪。我回答她说："好的，等妈妈找到钱，妈妈就带你和妹妹一起去。"但其实我心里知道，依我们家当时的条件，是没办法让她们去幼儿园的。

我很可怜我的孩子，所以心里面真的好难过，于是我又想找更多的活路来做。然后听说老赵他们煤矿附近有一个砂石厂，需要人去打沙，就是要人去用铁锤把石头打碎，再拉到碎石机里打碎成沙。我带着大女儿去做了一段时间，实在是吃不消，就回来了，也没赚到钱。说实话，那种活路，就是很强壮的男人都吃不消，更何况我这样一个身材矮小的女人。

但不管怎么样，经过几年的努力，我和老赵建立起来的这个家还是有点样子了。我把老赵的工资存起来，用我辛苦挣来的钱给我们家新添了一台洗衣机，一台电视机，于是我们那个家看上去就有一点样子了，像一个家了。而在此之前，我们那个家简直像一个凉亭，除了可以遮风挡雨，里面是空荡荡的，什么像样点的家具都没有。

但是我们都万万没有想到，就在我们的生活稍微有点好转的时候，我们家又经历了一场天大的灾难，而这一次灾难对我们家来说，就是别人讲的灭顶之灾。

事情还得从我们生的第二个小孩讲起。是的，她是属于超生的。那时候国家有政策，夫妻双方是少数民族的，就可以生两个小孩。那时候老赵跟前妻已经有一个大女儿了，然后我跟他结婚又生了一个女儿，就有两个了，按照政策，我们就不能再生了。但是，我说了，那时候老赵确实有点重男轻女的思想，所以当我生了第一个孩子的时候，老赵就还想再生一个，他心里想着再生的这个应该是个男孩，那时候我也理解他的心情，于是我就同意再生了一个，但是这一个还是女孩。这样，我们就有点麻烦了，我们不仅没有如愿生下男孩，而且违反了政策。我们知道是要受到惩罚的，但没想到这个惩罚来得那么快，那么突然，又那么无情。

  其实，从第二个小孩出生之后，我们就已经受到了各种惩罚，而且，每年都有惩罚。我已经说了，我的第二个小孩是躲在老家生的。满月后我们回到贵阳来，老赵的单位就知道了，老赵也知道这个事情是要被单位处罚的。因为之前单位上也有人因为超生被扣了工资，所以老赵知道他也是会被扣工资的。但那个时候，到底要扣多少，老赵也不知道。当时老赵就想看他们是怎么个扣法。老赵他们单位上有几个专门管计划生育的人，有一天他们上我们家来说，老赵，你们家有三个小孩，超生了一个，要处罚你。老赵不说话。当时我也没说话。我心里在想，那就随便你们啦，我的小孩都已经带回家来了，你们总不至于把她弄死吧。

过了一个星期，老赵他们的单位就处罚了老赵，就是每年他们工资升级，老赵没得，还把老赵的工资级别连降了两级。老赵单位上就有人嘲笑他，说这个老赵想生儿子结果得了三个女儿，工资又被降级，而且又是永远不能升级，图个什么嘛！那时候老赵在单位上头都抬不起来。

被处罚后的老赵整天闷闷不乐。我看他除了上班，其余时间就回家来一个人喝闷酒。那时候老乡都不跟他来往了，而之前是有很多老乡经常来我们家跟老赵吃喝玩乐的。我就慢慢地开导他，我说老赵，现在我们有三个女儿，就可以啦，眼前负担是重一点，但以后她们长大就好啦，还有我也可以找一点临时工来做，我们家不会太困难的。老赵就跟我说，嗯，是的阿包，我们不怕，我们钱多就吃好点，钱少就吃差点，没关系的。当时我就说，是啊，你会这样想就好了，我是怕你想不开。

老赵他们单位的独生子女家庭多，所以那些家庭是瞧不起我们家的，连老乡也是一样地瞧不起。那时候我真的狠下心来，到老赵他们单位上找活干，什么活我都干。我累也不怕，脏也不怕，只要有活干我就去做。我就拼命地找生活费，老赵的工资就拿来存起。存了一年多，我们就有两千多块钱了……如果不是有人来抄我们的家，我们家就这样过下去应该是很幸福的。

可是,有一种人看见我们过的日子开始好点,他们就不服气,就去举报我们家是超生的。其实就是老赵他们单位上的人去贵阳市乌当区计生办举报我们家的。有一天我没在家,我回老家雷山去了,那一天区计生办就来了八个人,把我们所有的东西都抬走了,当时他们只给我们留下两张睡觉的床,然后所有的,全部搬上车拿走了。

第二天,我就从老家回来了。回到我们家楼下的时候就有好多人在看我,当时我心里在想,为什么有那么多人看我呢?难道我家又出什么事了吗?我就赶快上楼去,结果看到我家的东西被他们全部都拉空了,我就坐在一个凳子上大声地哭,我说老天爷哪,为什么要这样对我们家。当时老赵也在家,那天他没有上班,他就跟我说,阿包你别哭,也不要伤心了,只要我们一家老小身体好就比什么都重要。我就哭着骂老赵,我说你看我们这个家什么都没有,怎么过嘛!我又说,我不在家他们来喊你打开柜子你就打开吗?钥匙是在你的手上呀!那时候老赵就说,他们来的人多,有八个人。当时他们一来,他们就说,你是不是赵兴彪?我说是的,有什么事啊你们来那么多人?他们就说,你家是超生的,罚款是一千八百元钱。我就说,这个事情我单位已经处理好啦。那个人就说,那是你们单位的处理,现在我们是乌当区计生办来处理,这就是我们的工作,老赵你得配合我们的工作,这都是上一级领导的安排,我们只能听领导的安排,今天我们要把你家的东西全部搬走,柜子里面值钱的东西也要拿走。有两人就跟我说,你们家被罚款是一千八百块钱,今天我们来拿这些东西就算一千块钱,还有八百块钱我们打一张字条给你,当时他们就写了一张条子给我,说我还欠他们八百块钱。

第三章
被拐卖到河北

因为我的家被抄得一干二净，两个女儿又都长大了，家里吃饭的嘴巴也多，我们这个家就太困难了。这样，我就跟老赵说，两个孩子暂时叫奶奶帮我带一下，我到贵阳去找点活干，你继续上班，你看怎么样？

老赵想了想，说，那也只能这样了。于是我就开始准备到贵阳去找事情做。我们住的地方叫林东冒沙井，从冒沙井到贵阳去，坐公交车要一块六毛钱才到，时间要一个小时。

那时候贵阳有一个地方是专门找事情做的，就是喷水池旁边的一条街，叫人才市场街。我就在那里找到一家做皮鞋的，那个老板是四川人，他需要一个做饭的。他们租房子在大营坡那里，一共有八个人吃饭，那个老板开给我的工资是每月一百二十块钱，我就去帮他们煮饭。

我就去那里给那伙四川人煮饭。在那里上班一个月有两天休息。休息的时候我就回冒沙井去看我的两个女儿。我每次回家来，看两个女儿穿得脏兮兮的，心里就好可怜她们啊，觉得孩子没有妈妈在身边真的不行。两个女儿只能抱着我哭也不会说什么，到第二天回去上班的时候我都是悄悄走的，不让她们知道。我在贵阳上班也很想我的两个女儿，有时候会想得悄悄哭起来，但也没办法啊，只能想着家里是有奶奶看着她们的，但又想到，毕竟奶奶的年龄也大了呀，洗不起¹那么多衣服，所以让她们穿着干净是不指望了，只希望她们能吃饱，不生病就可以啦。

帮人煮饭的工作我做了一年多就没做啦。那时候我就想重新找一份能多休息一点的工作，好让我有多一点的时间常回家去看小孩，所以我又重新去找工作。那时候骗子多，坏人也多，我一直都是蛮警惕的，但没想到，最终还是被坏人骗了，而且骗得很惨。

那时候人才市场街的人特别多，什么人都有，我就在那里站了半个小时，有好几个人过来问我，说你想不想带小孩，我就跟他们说我不想带小孩。我心里想，如果我帮你们带小孩，就没时间回家看

1　洗不起，西南地区汉语方言用法，"起"在动词后面与"不"字连用，表示胜任。这里是洗不了那么多衣服的意思。

我的小孩了。我就一直想找那种打扫卫生的，那个才有多一点时间。

然后就有一个女的走过来问我，说大姐你想找什么工作啊？我就跟她说，我什么工作都可以做，我不怕累。那个女的就跟我说，那你跟我们一起出个差拿点东西可以吗？我就问她，是什么东西嘛？到哪里去拿？那个女的就说，只要你愿意去，到那里你就知道了。我就问她，要去多少天？那个女的说，可能是三天，今天去，明天到后天就回来了。我又问她，有几个人去？那个女的就说如果你愿意去的话，我还再找两个。我就问，你也和我们一起去吗？那个女的说，我肯定要和你们一起呀。

我就在旁边等了半个小时，然后那个女的就去找到了两个女生过来，那个女的说，我家两口子和你们三个就够啦。那时候我们三个女生就跟着她家两口子一起去到他们租的房子，时间大概是下午5

点多钟快6点吧。那女人还带我们一起去菜场买菜，那天就在她家吃晚饭。我们几个还没吃完饭，她家就有个男的过来跟我们说，你们三个跟我们一起出差去拿点东西，去三天就回来。然后给我们每个人两百块钱。我们几个就问他，拿的是什么东西？那个男的说，你们吃饭之后，我会喊人拿东西来给你们看的。

饭吃完了，真的就有一个人拿东西来啦。那个女人就拿过来给我们看，当时我们三个一看，那东西就像个小青蛙一样，但是金黄色的。那女人就给我们说，这个是黄金，我们每个人拿一个。还说，这东西不能揣在荷包里。她就去买几条小毛巾来发给我们，一人一条，包住那个小青蛙。女人说，包好了就拿在手上，上火车的时候有人来查的，但我们带的东西不能让他们查到。那时候我们三个都稀里糊涂的，也不知道这是一个骗局，所以都听他们的。我们几个就问那女人要把这东西送到哪里去，那女骗子就对我们说，送到上海。我就对女骗子说，那我要先回家一趟，明天一早就来。女骗子就说，你们三个就在我这里睡，火车票我都已经买到了，是明天早上 5 点半的火车，所以你就回不了家啦。那时候我想，哎呀，回不了就不回吧，反正去三天就回来啦。

那天晚上，两个骗子睡一间屋，我们三个女的睡一间屋。那时候我们的脑子真的太简单了，都没有想到我们会不会被骗去卖了，现在想起来可能是没有文化才这样容易上当受骗吧，我们三个女的谁都没有看出来是一个骗局，真的一点都没想到。我们三个还悄悄地说，我们跟她送这个东西去两三天就回来，回来她还要给我们每个人一百块钱，那我们这一趟就赚了三百块，那是很划算的。现在想起来那时候我们三个真是笨得很，一点脑子都没得，都认为这个生意可以做，还说这个女骗子给的价钱蛮高的。

我们三个人的年龄都差不多大，我比她俩大一点吧可能，但是都结婚了。她们两个也有家，都有小孩了。现在我已记不起来具体是哪一年了，反正那一年我都有二十七岁了，大女儿也快六岁，小的也四岁多了。那时候是年底，是12月底，还有几天就要过元旦节了。

那天早上我们三个就跟他们两个骗子一起坐上了一趟开往北方的火车。坐一天一夜，都没下车。然后我们就问他们，坐车那么久了还没到吗？那个女骗子就说，没到，你们放心，到了我们会喊你们一起下车的。

那时候坐火车时间长了大家都在睡觉。我们就这样一直昏昏沉沉地坐着，睡着，一点都没想到他们是在骗我们。

我们坐了两天多的火车之后，我的心里面就有些不安了，但是我不敢说。

然后到第三天，我们还在坐火车。这个时候我就有点怀疑了。我心里已经暗暗感觉到了不安。但我还是不敢说，因为在没上火车之前，骗子就交代过我们，说你们每个人身上都带的有东西，所以你们不能在一起多说话。那时候骗子他们两口子坐后面一排，我们三个就坐前面一排。我心里面就越来越感到害怕了，我怕我真的被他们骗去什么地方然后回不了家，我家里的两个孩子还小怎么办？但我还是不敢问他们。然后我心里面就想，随他们到哪里我们就到哪里吧。后来我终于忍不住问了那个女骗子，为什么都三天了还没到上海呀？我们不是说好三天就回到贵阳的吗？那两口子就跟我们说，就到了，就到了，很快就要下车了。

果然，我们很快就下车了。但我们下车的地方，不是上海,而是河北。因为我们下车的车站写的有"河北省"。我说了,我只上过两年学,认得的字不多,但"河北省"这几个字我还算认得。到这个时候,我心里已经隐约感觉到是被骗了,但也还不能完全确定。我就问那个女骗子,我们怎么来到河北省了?那两口子就跟我们说:"你们三个不要害怕,你们要跟到起[1]我们,我们去哪里,你们就去哪里,不要走散喽。"又说,"我们带你们出来,就会带你们回去的,啊,别怕,现在呢,我们就先去我的亲戚家住。"这个时候,我心里紧张得不得了,但我们都人生地不熟的,而且荷包里都没一分钱,没有办法,只能听他们的。

之前我不是说他们给了我们每个人两百块钱

---

1 跟到起,跟着的意思。"到起"为西南地区方言用法,在动词后面作为表示趋向的补语。

吗？怎么现在又说一分钱没有呢？是这样的，就是我们上火车后，那女的说怕我们乱跑，就要求我们把身上的钱全部交给她保管，我们当时没有一点怀疑就全部乖乖把身上所有的钱都交给那女的了。

我们下了火车之后就跟着两个骗子转几道车才来到一个寨子。我记得我们是坐了五个小时的公交车才到达那个寨子的。我们是早上 6 点多钟下的火车，两个骗子就带着我们三个坐车转去转来的，转了一整天，到天黑 6 点多钟了才来到那个寨子。

到了那里之后，那两个骗子就跟我们说："今天就到我姨妈家去睡，明天我们再回去。"又说，"但是你们三个把带来的东西拿好，到明天就有人来收，我叫你们拿出来你们就拿出来。"她说的那东西，就是那个像青蛙一样的所谓的"黄金"。

我们三个都怕那两口子把我们甩到这里，这样我们就回不了家啦，所以他们说什么我们都听他们的。那天晚上我们三个就在他们说的"姨妈"家睡觉。睡到第二天早上起来,就看不见那两口子了。我们就去问那个"姨妈":"带我们来的那两口子不见了,他们去哪里了?"那个"姨妈"就支支吾吾地说:"哦,我也不知道啊,可能是出去玩去了吧,明天他们会来接你们的。"

直到这个时候,我们都还在期盼那两个骗子不是把我们卖到这里,心里都还在盼望着他们真的会回来把我们带回贵阳。可是,我们三个的心里也明白应该是被骗了。但我们都没办法跑掉。一来我们身上没有钱,二来我们是被人家看着的。

到中午的时候,就来了三个男人,可能是三家人吧。我就去问骗子的那个"姨妈",我说是怎么回事嘛,你们做的这个事情,你要跟我们三个说清楚。"姨妈"就说,我也不知道是怎么回事,反正他们都把钱拿走了。我就问他们拿的什么钱。"姨妈"

就说:"那两口子带你们来,把你们卖到这个地方啦,等一下有人来接你们,你们就走,我跟你们说,要好好地待在这个地方不要跑,如果跑的话,被他们抓到了要打死你们的,因为他们已经花钱把你们买了的,他们每一家都是花了三千五百块钱买人的。"听了骗子家"姨妈"说的这些话,我脑子一片空白,眼泪就像落大雨一样落下来,心里又焦急又悔恨,感觉天就这样塌下来了。但那个时候,我们三个人都只知道哭,大家一点办法也没有。

这天中午的时候,那两个女生就被他们接走了,只剩我一个人留在那里。出来也有几天了,我们饭也不吃水也不喝,这个时候路都走不了,整个人只感觉到又无助又绝望。那时候我在想,我这辈子可能就死在这里了回不去了,我还有两个女儿怎么办?她们还那么小怎么办?我心里恨死了那两个骗子,心想如果还能再见到他们,我一定要当面咬死他们。但那个时候，我只能整天待在那"姨妈"家里哭，眼泪都哭干啦。"姨妈"看我太伤心，就跟我说，你不要哭了，天天哭是没有用的，等一下有人来接你，你就跟他们走。我就跟那个"姨妈"说，我求求你借点钱给我回家，我家里还有两个小孩太小，姨妈我求求你借点钱给我回家好吗？我回到家了，我就马上就寄过来还给你好吗？那个"姨妈"说："我没有钱借给你，再说那么远的路你回不去的。"又说，"你跟他们走的时候，你就老实一点不要跑，如果你跑的话他们抓到你，他们要打死你的。你跟他们走的时候你就装没事的样子，如果你想跑的话，就待四个月也好五个月也好，等你熟悉一点路再跑。"我听她这样一说，更害怕了。"姨妈"又说："反正他们也是花那么多钱才把你买来的，他们也是农村的人，挣钱也不容易，所以他们是肯定不会让你跑掉的，如果你真不愿意跟他们，到时候你可以叫家里人拿钱来赎你回去。"

那时候我又怕又没得办法只能听他们的了,到下午就有一个老年人来接我,他大概有六十岁吧。那个老人跟我说,闺女跟我回家吧,我的儿子年龄是三十多岁啦,他没有在家,明天才回来,你先跟我回家吧闺女。我看那个老人家说话也不凶恶,加上我也无路可走,我就只能跟着这个老人回他家去啦。

到了他家,我看到还有一个老奶奶,样子也不凶恶,我心里就稍微平静了一点。那天到他家的时候都有5点多钟啦。他们就做饭来吃,吃好饭就睡觉。他们那里烧火做饭的时候,都是烧那个草。烧火在下面,上面就是床,有几个人就有几个床,一人铺一个,跟我们贵州黔东南老家的农村完全不一样。我看他们家已经铺了四个床,我就问那个奶奶:"你们有几个人啊?"奶奶就跟我说:"我有两个孩子，男孩是大的，女孩是小的。"那奶奶又对我说，儿子有三十五岁了，没有媳妇，小女孩出去打工了。

到第二天，老人家的那儿子就回家来啦。他可能有点文化，他就问我，你怎么回事啊，怎么喜欢嫁到这边来呀？那时候我一个多星期没有吃东西了，又害怕，所以话都说不出来，只能哭。那老爷爷的儿子说，你不要哭，有什么事你就说，你一天就这么哭是解决不了问题的。我就跟他说，我已经结婚了的，有两个孩子啦，而且我是结扎了的。那老爷爷的儿子就生气说："你结婚了？你还到这里来干吗？"我就哭着说，我们是被骗来的，不是自愿来这里嫁人的。我就把前后的情况告诉了他们。那老人家的儿子就生气骂我，说你们就是来骗钱的！他就打我。我就跪下来跟那个老人家说，我不是来骗钱的，我真的是被骗来的，求你们放我回去，我回家拿钱还你们。当时那老人家的儿子就生气说："我花那么多的钱买你,你既然是结了婚的,而且都有两个孩子了,那你就在我这里写信给你贵州的那个老公打钱来还给我,你再走!"

那老人的儿子说是这么说,但我也不会写信,只会写几个字,我就写了我家的地址和老赵的名字,那老人的儿子就拿去邮局发电报叫老赵拿钱来赎人。直到这个时候,我才知道这个寨子叫赵各庄村。

电报发出去之后,我天天都盼望着老赵拿钱来赎我回家。但我也知道,几千块钱,家里是拿不出来的,除非老赵去跟人再借一些。

我想起平时跟老赵的关系,我觉得他应该是会来救我的。我们夫妻两人虽然偶尔也有争吵,但总的来讲,感情还是很好的,我相信老赵不会就这样丢下我不管。

但是我们始终没有等来贵州方面的任何消息。我也只好打消了等待老赵来救我的念头。那家人大概也慢慢明白，贵州方面大约是不会有人拿钱来赎人了。

就这样，我暂时在他们家待下来。但我待在他们家，日子好难过啊！因为我在他们家，那两个老人都对我很好，特别是那老爷爷，总喊我闺女闺女的，我就想起我的两个女儿，她们还那么小，她们还需要妈妈，但我却被人骗到这里，走也走不了，活也活不下去。所以我在他们家的时候，每一天都是眼泪泡饭吃，每时每刻都在想着我回不了家啦，我的两个女儿怎么办？老赵会不会着急？他会不会就这样抛弃我？越想越害怕，我该怎么做才好？想多了脑子都想乱了，饭也吃不下，睡觉当然是根本就没法睡得着。

就在这样焦急的等待和盼望中，日子一天天过去了。我们被骗到这里来的时候，本来就已经是年底了，然后不知不觉我在他们家又待了一个多月。

眼看就快要过年了。他们家那个出去打工的小女儿也回家来啦。他们北方那边种的花生蛮多,两个老人家种的花生一年收得也很多。那时候他们就准备拿花生到街上去卖,好像也是一个星期去一次吧。这地方的人家几乎家家都有一个小小的三轮车,有一次那个老人家就跟小女儿说,明天赶集了,你带这个姐姐一起拉花生去卖吧。

第二天,那老人家跟我说,你在家那么久了,你也出去走走吧,今天你和小妹妹一起拉花生去场上卖。我说好的。我们就一早起来吃点东西,然后拿六袋花生装上那个三轮车去赶集。我们坐三轮都花了一个多小时才到赶集的场上。

到了街上我们就把花生放下来摆在那里,等别人来买。他家的妹妹总是担心我跑掉,所以就一直盯着我,不让我离开她眼睛看得到的地方,连上个厕所也要和我一起。说实话那时候你就让我跑我都不敢跑，因为我根本不知道该往哪里跑，而且，关键是，我荷包里没一分钱。所以，那时候我们把花生卖完就回家了。花生卖完的时候也都有两点多钟了，我们又坐三轮车返回家来。那时候已经是2月份，马上就要过年啦。北方的冬天很冷，白天有点太阳的时候，我就从他家出来在门口晒晒太阳。我一边晒太阳一边想，不能在这里继续这样待下去，我要跑，我要回家。

我怎么可能不想回家？我很想回家！可以说我每时每刻都在想着怎么才能离开这里，回到我的贵州老家去。但我知道，如果我跑了被他们抓住，我会被他们打死的。因为那个时候，我就听他们经常说起，跟我一起被骗去的那两个女人，就是多次逃跑又被他们抓回去，人都被打残废了。所以我心里一方面很想逃跑，但又很害怕被他们抓住。我心里很焦急，也很难过，整天都在想着怎么才能回家的事，因为想不出办法来，我一天天都是眼泪汪汪的。有一天，隔壁有个四十来岁的阿姨就跟我说，你不要哭啦，你哭有什么用。她越这样劝我，我就越伤心。然后她就悄悄跟我说，你真想跑回家的话，我可以告诉你这个路线怎么走。

那阿姨跟我说的逃跑路线，我其实还是记不住的，因为我对这地方一点都不熟悉。但她这么一说，我就感觉自己像是真的要跑了，我心里面就紧张得不得了。我的心里就在想，我虽然很想回家，但我可能还是没有勇气跑，因为我怕被抓住之后被他们打成残疾。但我也知道，我是肯定要回家去的，我不可能在这里待一辈子。所以，我心里很清楚，要跑，就必须一次成功，就一定要跑脱，千万不能被他们抓住。

我想来想去，觉得最好的逃脱时间就是他们家拉花生去卖的时候，我想我就和他们一路去，然后想个办法悄悄溜走。隔壁的阿姨已经告诉我了,先从哪里到哪里,再到哪里哪里,我就按照她说的这个路线走。阿姨反复交代过我,说你走的时候一定要跑远远的,不要让他家人看见你,如果你第一次跑不出去,他们家人把你抓回来,你第二次就不好跑了。阿姨这样跟我说的时候,我的心脏就在狂蹦乱跳,我想一想后果就非常害怕,如果跑不出去怎么办?他们把我打断脚了怎么办?

就这样,我又等到第三个星期。有一天,我听那老人家跟他儿子说,还有点花生你明天拉去卖算啦。老人家的儿子就说,好,明天我们就把它拉去卖了。我听他说到"我们",心里就在想,"我们"会不会也有我呢?还是只有他和他妹妹?万一有我,那我逃跑的机会是不是就来了?这样一想,我的心跳就加快了,仿佛自己正在逃跑一样。

说实话,那家人对我其实蛮不错,我有时也会想到，如果我还年轻，如果我家里没有丈夫和孩子，我就嫁给他们家的儿子，也是蛮不错的，因为这地方的人家虽然都普遍贫穷，但我也一直是在贫穷中生活过来的呀，我并不害怕贫穷，我最怕的就是被人打，被人歧视，被人当成牲口来看待。

那天晚上，老人家就笑着对我说，你明天要和他们一起去不嘛？我就看看他儿子。他儿子没说话。老人就说，去吧，待在家里多无聊。我就答应那个老人说，好的。

然后那天我就一晚上没睡着觉，我想这是我最后一次机会了，我跑还是不跑？如果不跑就没机会啦，但如果跑不掉又怕他们打死我。就这样想了一晚上。天快亮时我才迷迷糊糊睡了一下下，心想，还是跟他们一起到街上再说吧。

第二天一早，我起来吃点东西，就跟着他们一起出发了。我们还是坐他家的那个三轮车。到了街上就有九点多钟了。我们就像往常一样，把花生卸下来，摆在街边卖。买花生的人都不是一次买完，我们要卖好几个小时才能把花生全部卖掉。花生快卖完的时候都有两点多钟啦。开始我就一直在那里守着，卖得还剩一袋的时候，我的心里就有点着急了，我想如果这个时候我再不跑，就没有机会跑了。

恰好那个时候，他们家的小妹妹就来问我："姐姐你饿不饿？"我说我不饿。她哥哥在旁边听到，就说，我来守吧，你带姐姐去吃点东西。那时候是冬天，天气很冷。那妹妹问我，姐姐你想吃点什么。我说冷得很，我们还是吃甜酒粑粑吧。那小妹妹就说好的。我们就去那个吃甜酒粑粑的店子买甜酒粑粑吃，店里还有火烤。那小妹妹就点了两碗甜酒粑粑。刚坐下来，我就跟那个妹妹说我去上个厕所。这次她没有跟着我。然后我就直接走掉了。我没有去上厕所。

当我离开的时候，我心里好害怕啊！然后我就记住那个阿姨跟我说的话，要跑就跑远一点。我就想我一定要走，走到哪里就算哪里。只要有一口气，我一定要回到家看我的两个孩子。

当时我怕他们来追我，我就拼命地跑。他们那个北方又平又宽，村子又大，我一口气跑了好远感觉还没跑出他们村子。我大概跑了有四十分钟的样子吧，就跑到另外一个村子了。我跑的时间长了，又累又怕，我就实在跑不动啦，只好慢下来大步大步地走。因为是冬天，很冷，外面都没有多少人在走。我也不知道走了好久，然后抬头一看，就看见到了第三个村子。我实在是走不动了。我看见路边上有一户人家的门没有关，我就跑到他们家的厨房躲了起来。

不一会那家人有人来厨房，是个男的，他看见我，就问我："你在这里干吗？"我就大哭起来，然后跪在他面前说,叔叔求求你救救我,我是贵州的人,我被我们贵州的人贩子骗到这里来啦,现在我想在你这里躲一下,我必须离开他们,所以我在你家躲一下,如果我不跑的话,他们就把我卖到别处,我已经结婚啦,我都有两个小孩啦……那时候我心里很委屈,我就哭着说叔叔我现在该怎么办?那个叔叔也是个好心人,他说那你就在我这里躲一个多小时,然后我再带你去我们县里面的派出所。我就说,那谢谢你啦叔叔,我谢谢你。那叔叔说你不要怕,你到了我们县里面的派出所,你就不要怕啦。听他这样一说,我那快要爆炸的心才稍微轻松了一点点。我说好的,谢谢叔叔。

然后我听到那个叔叔跟他家人说,这个女孩是贵州人,被人骗到这里来啦。那叔叔还说现在的人坏得很,可怜这些女孩。我就在他家躲了一个小时。然后这叔叔就拿他的自行车拉我去县里。

从叔叔家去县城需要半个小时才到。当时叔叔就带我去派出所。派出所里面有两个人，叔叔就跟那两个人讲，情况是这样的，我跟你们说说她的情况，今天她突然跑到我家里来，大哭说要我救救她，我也没办法，我只能带她到你们派出所来，看你们怎么处理？那两个男的都说，好的，等一下，我们打电话问一下我们的领导看怎么做。

然后那叔叔就要回家去啦，他过来跟我说，我要回去了，你就好好地在这里等一下，他们会安排你回家的。当时我就觉得这个叔叔是一个好人，我就感动得哭了，我只能哭着说叔叔谢谢你，你真的是我的救命恩人。

又过了一会儿，有个男的来问我，说你有什么想法你就跟我们说吧，我好找车你坐¹。我就说我哪

1　西南地区汉语方言里常省略"给"字，这里是"我好找车给你坐"的意思。

里都不想去，我想回家。那两个叔叔就说好，那我们就找一个车给你坐，你坐到我们北京市去，你到我们北京市下车，下车的时候你就去跟服务员说，我要回贵州，怎么坐车他们就会告诉你，你看这样可以吗？

当两个警察叔叔跟我说这些话时我非常感动，我知道我总算是逃出来了，我可以回家看我的丈夫和孩子了。我心里非常激动，但我只能眼泪哗哗地往下流，我只能用眼泪来感谢他们。

派出所的两个叔叔就带我去县里面的汽车站坐车。他们把我带到一辆长途大巴车前，对卖车票的服务员说，这个女的是贵州的，她被骗到这边来了，她现在要回贵州去，身上一分钱都没有，你们就做好事免费送她到市里去吧。那个驾驶员和服务员都很同情我，那个服务员就把我带上车找一个位子给我坐下来。坐上位子的时候我就在哭，那时候我在想，我的命怎么那么苦？我的眼泪就一直不停地在流。我又怕他们看见我哭，就对自己说不要哭，心想我到底还算幸运，没有被那家人追上，没有被打断腿，一路上还遇到那么多的好心人……我的脑子就松下来一点点，也不再像刚跑出来的时候那样害怕了。

我开始以为下车就可以直接到贵阳了，但没想到回家的路还很曲折，而我的麻烦才刚刚开始。

我坐的那辆长途汽车是到石家庄的，从那个县城出来到石家庄到底走了多久我都记不得了，我只记得到石家庄市的时候，已经是晚上九点多钟了。然后，司机和服务员就对我说，你想回贵州的话，现在也没有车啦，你就在这车站待好，哪里都不要去，现在坏人多得很，你要等到明天早上才有车，明天早上你看哪一个车上写的有河北到北京的那个客车，你就上车。当时我就哭着说好的，谢谢，谢谢你们！那个服务员就说不用谢，只要你安全到家就行了，现在你在这里离贵州还远得很，只能先往北京那边去，再从那里回贵州。我就说好的谢谢谢谢，谢谢你们。

那时候客车站的人也少，我就找一个地方坐下来。然后到两三点钟的时候我又冷又饿，我感觉我可能都快死了，我想我要是死在这里，我的苦衷就没有人知道，只有我自己知道啊。但我心里又想，家里还有两个孩子在等我啊，我可不能那么不明不白地死去，我得坚持回到家跟家人讲清楚才行啊，否则家人都不知道我是怎么死去的，还以为我是丢下丈夫和孩子跟别人跑了呢，那样我的名声就很不好了。

到了第二天早上，那里客车特别多，去哪里的都有，但我不识字，我也不知道该上哪一辆车。

早上 7 点多钟我就去找那个客车，找了半天才看到有一辆客车写的是"河北往北京",我就在那里等。当时我又没有钱,又没有手表,都不知道他们好久才发车。等了很久,才看到有人开始上车,我也就跟着上车。当时那个客车的位子没坐满,我就去坐最后一排的位子,然后就有一个服务员来数人数,同时来检查票,当服务员问我,你的票呢,我就没说话一直在哭。服务员就去跟那驾驶员说这个人一直哭却没有票,你看咋办?当时我好怕他们把我喊下车。我在想,如果他们不让我上车,身上一分钱都没有我该怎么办?我就坐在最后的那个位子上一直哭,当时我没想到,到时间他们就开车啦。

那服务员后来也没再来找我买票了。我还记得我们大概坐了好几个小时的车,然后就到一个什么地方,他们停车下去吃东西。那些乘客全部都下去吃东西啦,只剩下我一个人没下去,因为我没有钱。那服务员心好,她还买一个包子来给我吃,当时我快两天没吃东西了,就坐在那位子上睡。那服务员说,拿个包子给你吃,你是不是没有钱?我就感动得只会哭,我话都说不出来了,我只能点点头,服务员就给我一个包子吃,我的心里面就舒服多啦。然后乘客们吃饱了东西也全部都上车来,那服务员就上来看人来齐了没有,乘客都说来齐了,就开车走了。

  河北到北京还是很远。车子开一天才到。我记得车子到达北京的客车站时都快6点钟了,反正那时候是冬天,天黑得早,6点钟外面的天已经蛮黑了。当车子到达车站的时候,等乘客们全部下车之后,那服务员和司机就对我说,你跟我们去派出所一趟好吗?我就跪在他们的面前大声哭着说我不是坏人,我是贵州的,我被人骗卖到你们河北这地方来一个多月了,所以我想回家,因为我一分钱都没得,我只能谢谢你们两个好心人让我坐你们的车才能到这里，我谢谢你们了。

　　服务员和司机就说，哦，原来是这么回事啊。那服务员说，那现在去北京的火车站还远得很，你就待在这个车站，到明天早上你再去公交车站问他们，坐什么路的公交车到火车站。然后我就感动得一直哭，我说好的谢谢你们两个好心人了。

　　那时候北京的客车站人来人往人很多，看到附近有人在买粉吃我就饿得直流口水，肚子也呱呱叫，可惜我身上一分钱都没有，只能远远地看着人家吃。后来我就坐在离远一点的地方，看不见他们吃东西了，才不那么饿了。

　　我在候车室那里找到一个位子坐下来。晚上没有班车了，但候车室里还是有一些人，我就不那么害怕。那个时候已经是3月份了，虽然还不是真正的春天，但也不那么冷了。我就一个人坐在椅子上，我很困，想睡，但睡不着。我心里在想，我没有钱，明天怎么能坐车到火车站去？就算到了火车站，人家不让我坐火车回贵州，怎么办？这样一想，我还是怕。

　　我在候车室坐了一夜。第二天早上，我就走出来打听去火车站坐什么车才到。我看见一个老阿姨也在等车，我就说，阿姨我要去火车站，但是我不知道坐哪一路车去才到火车站。那阿姨就说，你看这个牌牌写的有的，我说，阿姨我不识字，不会看，麻烦你帮我看一下嘛阿姨。那阿姨说，好的，我帮你看。然后那阿姨说，你就坐八路车一直坐到火车站去，你才下车哦，我就掉眼泪说，好的谢谢阿姨。我就看到八路的公交车来啦，人挺多的，我挤都挤不上去，当时我就憋劲挤上去。我看到坐公交车都是人先上车，然后有一个服务员来一个个地收钱，我也不知道坐公交车是多少钱，反正我一分钱都没得，但是因为人太多服务员竟然漏掉了我没问我收钱，当时我就放心啦。

因为服务员把我漏掉了没问我要钱，我的心里又踏实了一点点。然后我就注意听公交车报到哪里哪里的站名，我牢牢记住了老阿姨的话，她说要到北京火车站才能下车，我就认真听"火车站"三个字。但是，北京人讲的话，我听得不是太清楚，所以车子到火车站了，人全部都下完啦，我还没听出来是到了火车站。我就问那个服务员，我说到火车站了吗，服务员说到了，全部都下完啦。服务员问我，你要到哪里下？我说我到火车站。服务员说："下车。"

我就下了车。我该怎么办呢？以前我听别人说火车站有服务员，如果你有什么困难就可以去问服务员，他们可以帮你的忙。于是我就去火车站的大厅，我想去找那些穿着制服的人问问情况。

我看到了一个穿着制服的阿姨，我就问她，阿姨,我想请你帮我个忙可以不阿姨?她就说,你有什么事嘛你说。我说我想麻烦你借点钱给我,想麻烦你跟我家人发一个电报,叫他们寄点钱来我坐火车回家。那阿姨说,出门来玩你不带钱吗?当时我就哭起来说我不是来玩的,然后我就从头到尾把我的情况全部说给她听。那阿姨就说,是这样啊,可怜呀。然后她说,那你想发电报给家里拿钱来,如果他们寄钱来这里,也还要几天才能收到呀,那你这几天又咋办呢?我问阿姨,那钱大概要几天才能寄到这里来嘛?阿姨说,可能要三四天左右。我说,那我就在这里等嘛。阿姨说,那你待在这里三四天你怎么办?没有吃的,又没有住的,你怎么办?

最后阿姨给了我一个建议,她说,那你看这样行不行?我们这里有一个收容所,你也可以进到里面去等。我就问阿姨,那里有住的吗?还有吃的吗?阿姨说,听他们说有吃的,有住的,如果你进里面去住的话，就比较安全，你想想你又是个女生，如果你在外面等你家拿钱来的话就不安全，现在外面乱得很。

听阿姨这样一说，我心里也拿不定主意。想了一会儿，我又问她，阿姨那里面住的都是什么人嘛？阿姨说，这个你放心，全都是女生。阿姨旁边的一个服务员也跟我说，那些都是被骗的、走丢的，和你一样的，你就在里面等嘛，如果有四十个人左右，他们就送你们上火车站坐一个车厢回去。

她看到我似乎不是很明白，又说，我打个比方给你听，你到了那里，他们问你是哪里的，你就说我是贵州的，然后他们就把你安排跟贵州的人住在一起，等你们凑齐了四十个人，他们就带你们到火车站坐火车回贵州，你明白了吗？

我想也只能这样了，因为身上没有钱真的不方便，然后我出来又想了想，觉得也实在没有别的办法了。我又折回去找那个阿姨和服务员,对她们说,我还是听你们的话吧,那就麻烦你们带我去收容所吧。那个服务员就把我带到那个收容所,原来收容所就在火车站的旁边,而且是一个地下室。我进去的时候就有四个人来搜身,然后就登记,问我是哪里人。我就跟他们说我是贵州省贵阳市林东煤矿的。他们登记好了,就说你可以进去啦。

那房子是一间一间的,每一间都有人。我走进其中的一间,看到里面有好几个人,全部都是女生,有大人也有小女孩。因为我很害怕,所以都不敢拿眼睛看她们,我怕她们打我。当时里面的一间房子里有几个女的,就像疯了一样在打架。

我后来慢慢看清楚,这里面住的有七八十个女人。里面的声音又有哭的又有笑的,而且无论白天和晚上都是一样,总有人在哭,我真的感到很害怕。

那天到 5 点半左右，他们就拿东西来给我们吃。虽然我肚子很饿很饿，但我吃了一个窝窝头就吃不下啦。我就想我的命怎么那么苦啊，然后我就偷偷地掉眼泪，也不敢哭，睡也不敢睡。我就一个人坐在那边边上去，因为从来没有看过这种场面我真的很害怕，但我对自己说，怕也没有用，要坚强……所以我就忍住了，不让眼泪再流出来。

我们白天晚上都待在这里，我想这回我肯定是出不去了，有可能我会死在这里都不晓得。这样一想，我就更加后悔听那阿姨的话进来这个地方。但也实在没有办法，出又出不去，只能继续坚持等下去了。

我们已经在里面待了一个多星期，一点消息都没有。因为是地下室，又是很封闭的，里面的空气很差，而且，没有水喝，口渴就只能等待吃饭的时候喝一点菜汤……每一天，我都盼望着可以出去，能够回家，但一天又一天，还是没有任何消息。

不知不觉，我在里面等了两个多星期，也没有一个人来告诉我什么时候才能回家。除了每天有人送吃的来，根本就没有人进来过。

刚进去的那一个星期我真的怕她们打我，但在里面待了二十多天快有一个月的时候，我就没有那么怕啦。而且我们在那里面待着，白天和晚上都是一样的，有灯，但是没有太阳光。那时候我就在想，再待下去我就要疯了，真的要疯了，我感觉我马上也要像那些大吵大闹的人一样，也会又哭又笑地疯癫起来。

终于有一天早上，我听到有人喊我的名字："李玉春出来！"

那时候就吓我一大跳，因为我不知道是什么事情。然后我就跟着他们一起出来了。

他们就把我们二十多个人带到火车站的大厅，

叫我们排队，然后发火车票给我们。发票给我们的那个警察说："你们好好地听我说，这个票只能从北京到武汉，你们要记住到武汉的时候，有人会带你们去收容所那里面等，我也不知道你们要在武汉等多久，反正你们就在那收容所去等，到时候会有人喊你们上车去贵州的。"

听到警察说这个话，我的心里又激动得怦怦直跳。不知道他们是不是真的送我们回家，还是又要送到哪里去。但我又想，不管他们送到哪里我就去哪里，到家也好不到家也好，反正就跟他们一起走。

我记得那时候我们等到中午就上火车啦，坐了好几天才到警察给我们说的那个叫武汉的地方。因为警察帮我们买的票，我们是有位子坐的，但我们二十多个人并不坐在一起，大家各在各的车厢，各有各的位子。我的位子是两人座位，坐我旁边的是个男的。那时候从北京到武汉好像只能坐火车，还没有长途汽车或者别的车,所以火车上的人特别多。有好多人都是站着的,都没有位子坐。

当时我坐的位子旁边有两个年轻人,我看他们站了几天了,都没有位子坐。我就跟他们说,你们两个来坐我这里吧,我看你们两个站的时间太长啦,你们来坐吧。那两个小伙子有些迟疑和犹豫,或者可能是没听懂我说的话。于是我又对他们说,我坐的时间已经很长了,我的位子可以让你们两个坐一下。两个小伙子就非常高兴地说,谢谢你阿姨!谢谢谢谢!我就站在他们站着的位子上,然后他们在我的位子上坐下了。我说不用谢。那两个小伙子就问我,阿姨你到哪里下呀?我说,我也不知道啊,我跟他们是一起的。这时候我的眼泪就唰唰地往下流。那时候就怕他们看见我掉眼泪,我就对自己说不要哭啊,要坚强,然后我就把眼泪忍回去了。

后来到吃饭的时间了,那两个小伙子就买东西来吃。他们吃的时候就问我，阿姨你怎么不吃点东西呢？我就跟他们说，我不饿。其实我肚子很饿，但是身上一分钱都没有。于是我的眼泪又掉下来了。两个小伙子就看到我掉眼泪了，他们就问我，阿姨你有什么事可以跟我们说一点啊。那时候我们坐火车的人挺多，我不好意思给他们说我的情况。还好那两个小伙子大概看出了我的心思，他们就给我买一份吃的。他们给我买了一个盒饭。我差不多有两个多月没有吃过米饭了，当时我就边吃边掉眼泪。我就在想，我这人还是命好，一路上还是遇见那么多好心人帮我。我也还想着，我有这一个盒饭吃，就可以几天不吃饭了，所以我真的很感谢那两个小伙子。

因为我不识字，所以这个火车到哪里我也不知道，但我牢牢记得在北京上火车的时候那个警察跟我们说的话，所以一直在听火车上的广播。那时候我们一共是有二十多个人，但座位都不是在一起的，是东一个西一个的，好像一个车厢有一两个人，我就怕他们到武汉下车了，但广播的时候我没听到，所以我就一直不敢睡个好觉。

我就一直提心吊胆地等。我坐在火车上几天了也不知道，还有几个小时到武汉我也不知道。然后也不知道过了多久，终于听到有人喊"到武汉收容所的下车了"，我就赶紧站起来跟着别人下车。我记得那时候是晚上了，下火车的时候有一个警察来数我们的人数，有二十多个，当时警察叫我们排队，然后带我们到武汉的收容所。

到那里的时候又重新检查和登记。警察就问我，你是哪里的人？我就说我是贵州贵阳的。那时候我们又没有身份证，只能靠自己嘴巴说了。登记好了，我们又跟着进去。武汉的收容所和北京那个也差不多，那里面的人也是一样地多，也有大人和小孩，也全部是女的。我进去也是一样地怕她们打我，所以我悄悄地一个人待在那边边上去。

后来我在里面待得习惯了一点，我就悄悄地看她们，那些姑娘都长得蛮漂亮的。然后我就在想，这些姑娘长得漂漂亮亮的，为什么要到这里面来呢？难道她们也是和我一样被骗的吗？但又想，这个应该不可能。

我在里面看她们都没有睡觉，总是有又喊又闹又哭的声音，所以我自己也没办法睡。到第二天早上 9 点多钟，才有人送东西来给我们吃。吃的也是那个窝窝头，一个人发两个，还有一碗白菜汤，就好像这样的伙食是全国所有收容所的标准一样。

跟在北京一样，里面的空气很不好，又没有水喝，又不知道要等到什么时候才能离开。但那时候我心里感觉比在北京好了一些，因为我感觉到武汉总是离贵州近一点了。其实我也不知道武汉到贵州还有多远，我只是感觉我们坐了几天的火车，应该离贵州不远了，所以我在里面就比在北京安心了一点点。

但因为我不知道什么时候才能回家，也担心还能不能回到家，所以我又想起我的两个孩子来。天那么冷，我的孩子有没有衣服穿？饭吃饱了没有？那时候我心里好可怜我的孩子，一想到她们，我的眼泪又控制不住流出来了。我又想到，今天的这一切，都是怪我没有文化，如果当初爸爸和后妈让我读书，我现在就应该是像我表姐那样有单位有工作的，我就不会有今天的这个苦难……这样一想，我心里就还是有点抱怨我的爸爸和后妈，同时眼泪又悄悄地流出来了。但我又怕别人看到我哭，所以又把眼泪忍回去，不让它们再流出来。

可是我的每一天都只能在屋里待着，哪里也去不了，又没有朋友可以说话，所以我整天还是在想着我过去经历的所有事情，越想越觉得自己命苦，然后就一直问我自己,为什么我的命那么苦啊?难道我上辈子做了什么对人不好的事情了吗?我感觉我的眼泪水都哭干了。

每天都只能在里面等着。我有时候也会想着,是不是不该来找这个什么收容所?如果当初跑出河北后就直接去公路拦车,求好心人带我回贵州,说不定早就到家了。但我也想过,那样的话,说不定又被人卖到别处也难讲,所以我后来也安心了,就干脆不去想什么时候出去的事情了。要想,就只想我的两个女儿,我实在担心她们,她们还那么小,那么需要妈妈,可是我却被关在这鬼地方,一点办法也没有。

有一天早上我们排队吃了东西,到11点多钟,就有一个女警察来开门,那个警察就说,你们听着,我念到哪一个人的名字,哪一个就出来。然后她开始喊名字,我已经听到她念了四五个人的名字了，都没有我的名字，当时我就着急啦，就哭啦。那时候我们出来有八个人，警察念我的名字是最后一个。

那女警察带我们从收容所出来，就跟我们说，你们八个是去贵州的，你们就在这里等一下，我带你们去火车站坐火车回贵州。然后她就把我们带到一辆公交车面前，我就看见她去跟那个公交车司机说了点什么，然后她就来跟我们说，等一下你们就坐这辆公交车到火车站。我就看到那辆公交车上有一个卖票的在点我们的人头，点完了，卖票的那个服务员就说，是哪八个同志要到火车站的，上车了。然后那警察就说你们八个赶快上车。

那时候我们就坐公交车到武汉的火车站，然后下车。那个女警察一直带着我们，当时她就跟我们说，你们八个都是到贵州的，我发这个火车票给你们，是武汉到贵阳的车票，你们要拿好，千万不要弄丢啦，如果弄丢了就上不了车，就回不到家。然后那女警察就发我们每个人一张火车票。

当我听警察说这个火车票是武汉到贵阳的，我的心里面不知道有多高兴呀！你们知道吗？那时候我就高兴地对自己说，我终于得¹回家啦！

那女警察给我们买的是下午5点半的火车，但她送我们到火车站的时候，还不到12点，送到后她就回去了。这样，我们就一直在火车站候车室里等着，我们身上都没有钱，到下午两点多钟的时候肚子真的太饿啦。

当时有一个女的是和我一起从收容所出来的，她年纪跟我差不多，也跟我一样没有一分钱。那个女的就问我，你家是贵州哪里的？我说我是贵阳边上的，到贵阳后只要两块钱的车费就到我家啦。我

1　得，西南地区汉语方言，可以的意思。

又问她，那你呢？你家又是哪里的？她说，我家在贵州省遵义市。然后她问我，那你拿你的车票来我看，我们两个是不是在一起的。我就拿我的车票来给她看，我们两个真的是在同一个车厢呢。我们两个的票都是5点半，都是从武汉到贵阳的，那时候我们就有伴了，心里也就不那么害怕了。

她说，我们两个去人家饭店找点吃的吧。然后我们就真的去附近的一个饭店等。我们真的成叫花子了。我们刚走出来不远就遇到一家饭店，而且刚好看见饭店里面有三个年轻人在吃饭，他们没吃完就走了，我们两个就去捡来吃。饭店的老板说你们两个是干什么的？那时候我们因为那么长的时间了身上一直就穿那一身衣服，没有衣服换，所以就像一个叫花子一样了。当时我就不好意思，我就出去啦。那个女同伴比我胆子大，她把我们的情况说给老板听。那老板就说，是这样啊，那你们两个到这里来坐着吃吧。那老板真的好，她喊服务员打饭来给我们两个吃，当时我感动得又哭了。她问我们，那你们吃了东西又往哪里走呢？真谢谢那老板，因为那老板给我们吃了这一餐饭可以管一个星期了。我们两个就跟那老板说，我们有车票回家的。那老板就问，你们都买好车票了吗？我们就说是警察给我们买的。那老板说，那你看是几点钟的票？我说，我们的票都是5点半钟的。那老板看了看时间，然后说，现在是4点钟，还有一个多小时，那你们两个就去火车站那边去等吧。她又说，你们两个记得时间啊，千万不要误点了，误点就回不了家了。当时我们就跟老板说，好的谢谢，谢谢你对我们的关心。那时候我就感动得哭了起来，因为我觉得她就像是我自己的妈妈一样，我真的很感动。

  我们两个饭吃饱了，就高高兴兴地去火车站候车室里等。到5点10分就开始检票进站啦，我们两个就一起进去了。这个女生还好,因为她识字,她就带我找到我们要上的车厢,当时她的位子都没找好,就来帮我找我的位子,因为她的位子和我不是在一起的。我的位子是两个人的那种,我的旁边坐的是个男的,她真的聪明,她就过来跟那叔叔说,我们两个买票的时候不是一起买的,所以这位子都分开的,叔叔我想和你调一下位子好吗?当时那叔叔也愿意,然后遵义的那个女的就来和我一起坐。当时我就看到这女的有奶水流出来了,衣服都打湿啦。然后我就问她,你是不是还有小孩?她说是的。我又问她那你的小孩呢,还那么小她要吃奶怎么办?她跟我说,是的,我有一个小孩她才有五个多月。听她说孩子才有五个多月,我就想,好可怜那个小孩啊,那么小就没有妈妈啦。我就问她,你的孩子那么小你就走了,难道你不想她吗?她就跟我说,想啊,但我也没得办法啊。

这时候遵义的那女的才跟我说，她也是被人骗到北方那边去的。她说她在北方那个家的那个男人对她不好，再加上她生了一个女儿，他们家是重男轻女的，那男人天天骂她打她，所以她就有想跑的念头。我就问她，你跑的时候怕不怕？她跟我说，很害怕啊！她还跟我说，她已经跑了两次了，这次是第三次，第一次第二次都没跑成功。她第一次跑的时候，就被他们家抓回去打了个半死，然后那家人就一直对她不好，她后来又怀上那个男人的孩子。她又跑第二次，又被他家抓住了，又被打得死去活来的。她跟我说，姐姐我在那里受的苦太多了，然后她就哭了，我们两个就在车上哭了起来。后来她跟我说，她怀这孩子都有四个多月了，她就不跑啦。她说姐姐，那时候我的想法就是把这个孩子生了我再跑。她跟我说东北那里有一个人是我们贵州老乡，有一天她去这老乡家玩，那老乡的家离她家不远，那天她一看到这老乡就掉眼泪，那老乡就问她你怎么啦？过得不开心吗？当时那老乡就给她说，你孩子都有了，你就好好地过吧。那老乡看她一直在哭，就跟她说，你真的想走吗？你要真想走，你就在他们家表现好一点，你要让他们家放心你，把小孩生了再走都不晚，你要慢慢来，不要急。那老乡还跟她说，你要跑的时候你就跑到北京找一个收容所，到那里去你就有救了。

遵义那女的跟我说，她在那里快两年了，她说坐车到哪里哪里她全部都知道。她的故事讲完了，她又反过来问我，大姐那你呢？你又怎么到那个收容所去的呢？我就跟她说，我和你一样，也是被骗到北方那地方去的，但是我在贵州已经结婚有两个孩子啦，所以我拼命要回家，去带我的孩子……我就跟她讲起了我逃跑的全部过程，我边讲边哭，她也一直陪着我哭。我们就像是一根藤上的两个苦瓜。

第四章

守护自己的家

我们两个人坐了好几天的车,在车上什么东西都没吃,水也没得喝,我们是又饥又渴,但我们没有钱,所以在火车上看见别人吃东西的时候,我们就装着睡觉。但我在装睡觉时肚子也是饿的,饿得都快不行了,当时就希望自己睡过去就好了,睡着了就忘记肚子饿了。

不知道火车走了几天,有一天早上醒来心里就在想,应该快到贵阳了吧?那时候又到了一个站,火车就停下来,有人在下车,也有人在上车。那时候我们坐的那车厢有一个女的上来带了一个小孩，她两娘母[1]可能是没有买到座位票，就站在我的旁边。当时我问她，你们没有位子坐啊？她就对我说，我们急着回家，买的票是没有位子的。我就让我的位子给她两娘母坐。带小孩的那女的就感谢我，她说阿姨谢谢你啊，让位子给我两娘母坐。我说不用谢，我坐的时间太长啦，站一下没关系的，我都坐一天啦。那时候就有火车上的服务员推那个饭盒车过来，那女的就说，阿姨你们两个吃不吃饭嘛？我给你们一人买一个盒饭来吃吧？我还装客气说不用了，谢谢你。那女的看见我们站了一天什么都没吃，水也没喝，可能她估计我们是没有钱，于是她就直接买来给我们吃，她自己也吃，我和遵义那女的一人一盒。我运气真的好，总是遇到好心人。我就一

---

[1] 娘母，西南地区汉语方言，母亲和子女的总称。

边吃一边掉眼泪,心里想,这世界上坏人多,但好心人也还是多。

吃了这一个盒饭,我心里就不再慌张了,我想这下总可以挨到贵阳了吧。所以我心里真的很感谢那个带小孩的女人。其实我在坐车的时候,就一直在慢慢地回忆,我在收容所的这两个月里虽然受了很多的苦,心里也很害怕,但其实我心里还是蛮感谢北京火车站那个介绍我去收容所的大姐和服务员的,如果不是她们介绍我到收容所去,我在外面也不知道会遇到什么情况,可能被人家拐卖到更加不好的地方也难说。所以我想,到里面去,哪怕苦一点酿[1]一点都没有关系,有吃的有睡的,比起在外面来还是好多了。所以呢,我还是相信老人说的古话,好人总有好报,我就可以对天发誓我从来没有做过

1　酿,贵州汉语方言,寂寞的意思。

任何坏事,我相信我的命是会遇见好心人的。谢谢,一路帮助过我的好心人,我相信你们也会得到好报的。

那时候我们在火车上坐的时间太长啦,我的脚都是肿的。坐在火车上,每到一个站我都是醒的,因为不敢睡觉,怕错过了下车。终于我听到服务员说下一站就到贵阳了,当时听到贵阳这两个字我的心里好高兴啊!快到家啦!我终于就要回到自己的家了!我就可以看见我的小孩了!

然后就真的到贵阳了。我记得到贵阳下车的时候是早上。到遵义那女的和我都没有钱坐公交车,我们就从火车站走路到贵阳的客车站去坐车。从火车站走到客车站走了很久,因为我们两个都不熟悉路,就边走边问路。下火车的时候是早上8点多钟,然后走了差不多一个多钟头吧,我们才走到客车站。到客车站我们两个就分开了。她走她的,我走我的。

那时候从客车站去我们家的车只有中巴，要坐一个小时才到我们家那里。我家那地方的名字叫林东矿务局冒沙井煤矿厂。当时我在车站找到了要去冒沙井的中巴车，但我身上一分钱都没有啊，我怎么样才能上车呢？然后我就在中巴车的旁边等，心想如果遇见熟人我就跟他借，从客车站到我家只要八毛钱就到啦。因为这中巴车是专门跑我们冒沙井的，我就想，坐这个中巴车的应该有我的熟人。

果然，我等了一会儿，就看见了住在我隔壁的一个熟人。我看见她了，但是她没看见我，我就去喊她："阿姨你也回家吗？"那阿姨激动地喊："你回来啦啊！回来就好！回来带自己的孩子！"那阿姨跟我说，你不知道，你不在的时候你的两个小孩真的可怜得很，你们家老赵又忙上班，那奶奶只能弄点吃的，不会带，我每一次下班回来都看见你家两个小孩在那过道玩，穿那衣服脏兮兮的，我看见她们一点笑脸都没有……听到阿姨这样说，我的眼泪当时就包不住了，哗啦啦直往下掉，像水井里冒出来的水那样。我就跟阿姨说，你可以借一块钱给我坐车回家吗？阿姨就说不用借，我们都是隔壁邻居，我给你买，你这个人那么好，我应该给你买的。

然后就到时间上车啦。我就和阿姨一起上车，坐在一起。阿姨跟我说，你不在这几个月，我看见老赵的那前妻回来你家住了……一听到这个消息，我的心里就像有一颗炸弹爆炸了一样，我太难过了！我问阿姨，你说的是真的吗？阿姨说，当然是真的啊，这样的事情哪个敢开玩笑啊，我们几栋楼都知道啊。我又掉眼泪了。阿姨真的好，她说，小李现在你回家来就是一件好事，但是你回到家了，不管发生什么事情你都要好好地说，你不要去和他们吵架知道不？我的心里好难受，当时我都说不出话来啦,我就回复那阿姨说,嗯,好的。

我们坐了一个小时的车就到家了。我是和阿姨一起走路回家的。我们原来住的那房子都是两层楼,有一楼有二楼,我家和那阿姨家都是在二楼。当我和阿姨走到那几栋房子前面的时候,很多邻居都看见我回来了,特别是那几个总在我家玩的老奶奶,她们说,小李你去哪里这么久啊?你终于回来啦!有一个老奶奶说,还是回来带自己的孩子好,不要丢下孩子,可怜得很!

我从她们的话里大概听得出来,她们是怀疑我可能嫌弃老赵比我年纪大,看上别的男人,跟别的男人跑了。

我当然感到很委屈。但这个时候,我不想做任何解释,我只想尽快看到我的两个小孩。

走上二楼,就看见我的两个小孩正在过道上玩,我就喊她们:"小菊!小芝!"那时候她们玩得一身脏兮兮的,脸上也是花猫猫[1]的。她俩就跑过来抱着我哭,我们三娘母就抱在一起哭,特别是大的那个孩子,已经五岁多了,有点懂事了,就问我,妈妈你都去哪里了?我以为我和妹妹永远都看不见你了呢。我只能抱着她们两个说妈妈上班去啦,妈妈去很远很远的地方去上班啊,所以才去了那么久……当时两个孩子就高兴地说,妈妈我们回家吧。我就说,好的,你们爸爸呢?他在家吗?大女儿就跟我说,我爸爸不在家,我爸爸去另外一个妈妈家去啦,他们天黑才回来。那时候我大的这个女儿好懂事,她悄悄地跟我说,妈妈,我家姐姐的妈妈把你衣服和鞋子全部都穿啦。我就跟女儿说,那她穿妈妈的衣服你不说她吗?你就说她啊,你说这衣服是我妈妈的你不能穿啊。大女儿就哭着说,妈妈我不敢说

---

1 花猫猫,西南地区汉语方言,形容脸上很脏。

她，我怕她打我。我的眼泪真的包不住了，只能在家里大哭一场。

孩子的奶奶坐在家里，看到我回来，什么话也不说，我心里就想，说不定老赵去把大婆[1]找回来，就是她的主意也难说，因为之前我们有过一些口角，她总说我不如大婆好。

我打开我的衣柜子，发现我的衣服果然全部被老赵的前妻穿脏啦。我气得不行，心想老赵你不去救我也就罢了，我才离开家几个月，你就把前妻喊回来同住了，那你当初又何必来骗我嘛！你为什么这样对我嘛！

我到家的时候大概是下午4点多钟吧，老赵没在家。他真的跟他前妻在一起，下班就去前妻家那里住。那时候就有人去跟他说，老赵你家小李回家

1　婆，西南地区汉语方言，指妻子，这里的"大婆"指的是老赵的前妻。

来了，不信你回去看看吧。他可能不相信别人跟他说的话，就自己回家来看。

他一进家来就看见我了，他还问，阿包你回来啦？我一看见他我就觉得他很恶心，我就问他，你一个人啊，你的婆娘呢？没跟你一起来？老赵就说，别乱说话啊，没有这么回事，她是来给小孩洗衣服的。我只能哭着说，是的，她是来给小孩洗衣服的，那她来洗衣服就不回去了吗？是你喊她不走了吗？你就和她一起睡觉吗？还有你下班也不回家看一下小孩，下了班就跑到她那里去，我的两个小孩还那么小，你当爸爸你都不管，你还是一个男人吗？

老赵回答说有奶奶在家的，我是去上班，没去她那里。

我真的太伤心了，眼泪都哭干了。我伤心倒不完全是因为老赵那么快就变心，而是他对待孩子的态度。我太可怜我的孩子了，我从小就尝够了没有妈妈的滋味，不希望我的孩子还走我的老路，那么小就没有妈妈，所以我真的很庆幸我没有死在北方。

我就骂他。我说老赵幸亏我没死，假如我死了，你当爹的，就这样带孩子吗？你一大把年龄啦，你还要风流得很，我就问你，是不是不喜欢女孩你才不管她们的？

我觉得我家老赵还是嫌弃女儿，因为他的前妻也是生了个女儿，他才离了婚来找我的，我知道他很希望我能给他生下一个儿子，但可惜我生的两个都是女儿，我知道他是很遗憾的。

老赵当然知道自己理亏了，这时候他就反过来问我，那你呢？你说你去上班，你跑到哪里去那么久才回来？你又是怎么回事？当时我就说，你坐好了，我把我的情况说给你听。然后我就从头到尾把我这几个月的遭遇全部说完。

我哭着跟老赵说，我才出去这几个月，老赵难道你就这样对我吗？我天天都在哭，天天眼泪泡饭吃，没一天好日子过。我在那里天天都哭，天天想你和孩子，我发电报给你，你不去救我也罢了，可是我拼命地回来，我回到家来你把我们家搞成这样了，你这样做对得起我吗？

那时候我就大声地哭，大声问，老赵你为什么这样对我？你还去喊你的前妻上来和你一起住，你对得起我吗老赵？两个小孩那么小，一个五岁多点，小的才有三岁多一点，两个孩子在家和奶奶有吃没吃你都不管，下班你就天天去她那里玩，你几十岁了，你这样做对得起我吗？

然后我就跟他说，我随便你，你要跟她过也可以，我随便你，你要跟她过，我就带着我的孩子走，你自己看着办吧。

我看见他也掉眼泪了。他说你回来就好，我们有什么事就慢慢地处理。我哭着对他说，我小小的年纪嫁给你,我图你什么了嘛!我就是一个不识字的女人,只知道嫁给你给你生孩子,第一年就生了大女儿,第三年就生了老二,然后管好我们的家,我是哪一种女人你老赵难道不知道吗?

我跟老赵说,这几天你就不要去上班啦,你就好好地想想吧,等想好了你就跟我讲,该怎么做就怎么做。那时候我就在想,如果老赵真的选择不要我了,那我就带我大的女儿去贵阳租房子来住,我也可以打工来养她。

我都回到家来了,老赵的前妻也还是天天都来我们家睡。他的前妻到我们家来的时候他什么都不说。她一来就进去里面睡觉。第一个晚上,我在家的,老赵还是去和他前妻一起睡。我就和两个女儿睡。到第二天第三天第四天,也不知道怎么了,老赵就没去和他前妻睡了。老赵就在沙发上睡。当时他又喝酒又抽烟,接连三天三夜没睡过觉。我也没有说他。我们三娘母早上起来就去买点菜来煮，然后我拿给奶奶和两个小孩一起吃。当时我只能去打开柜子把我们的结婚证拿到手上。我想，随便你们怎么处理。

过了五天，他的前妻就没上我们家来了。老赵就喊奶奶去买一点菜来做我们的晚饭，然后老赵就开始说好话，他说，阿包，说实话，我是喜欢你的，你小小的年纪就嫁给我，还跟我生了两个小孩，你跟我结婚有四五年啦，你和我的前妻不一样，你又吃得苦又勤快又会管家，我怎么舍得让你出去？我不会让你出去的阿包。

那时候的老赵还是会说话会哄人的。老赵说，你出去这几个月，你看你瘦多了，可怜你。老赵还说，我的前妻来这里的目的是帮我们小孩，因为她们都还小，她是来帮她们洗衣服的。我就生气地跟老赵说，她来洗衣服就来和你睡觉吗？我就骂老赵，那她就可以来和你住在一起吗？老赵就说，那你现在回来了，她不是回去了吗？我跟老赵说，那你们这样做不是侮辱我吗？说实话老赵我是不想去告你们，告你们都要坐牢的。老赵这才没有话说了。

我说了，我是一个好心人，又勤快，所以到哪里人家都喜欢我。但老赵和他前妻不一样，老赵嘴巴多[1]，他前妻好吃懒做，周围邻居都不大喜欢他们。我们住的房子都是只有两层楼的那种平房，家里都没有厕所，楼下有一个公共厕所，那时候我们家人要上厕所的时候就必须要下楼去，所以老赵的前妻来我们家住，隔壁邻居还有上上下下都看得见的，有些邻居就很可怜我，也巴不得通过我让老赵和他前妻出点丑，让他们难堪一下。有一天我下去上厕所，就有人跟我说，小李你都回家了，老赵的

---

1 嘴巴多，西南地区汉语方言，话多的意思。

前妻还要上来跟老赵住,你去法院告他们啊,因为你和老赵是合法夫妻,你告他们,他们是要去坐牢的。又说,要不然你就回老家去,跟爸爸妈妈和哥哥姐姐他们商量一下,喊他们过来处理这个事情才合适。当时我嘴里就答应他们说,嗯,嗯。但我回家来想了一天,然后我就对自己说,我的事我就自己处理吧,不要让家里人为我这个事情担心。所以那时候我就把我们的结婚证揣在包里,然后看老赵怎么处理。

老赵最终还是选择了我。当时我也不知道老赵是怎么说服他的前妻回去的。老赵曾跟我说过,他跟前妻刚结婚那几年其实还是很好的,后来她生了小孩后就变啦,变得懒惰、不顾家,所以他们老是吵架,最后离婚了。老赵的前妻也是有工作的,而且是在老赵他们单位上班。她的工作就是在洗衣房,专门给下井的单身工人们洗衣服。老赵说他前妻特别喜欢打麻将，除了上班就在麻将馆里打麻将，白天晚上都不归家的，所以老赵一回家来就跟他前妻吵架。老赵上班又累又想喝水，但回家来看开水都没得，老赵就很生气，但老赵一直忍着她，忍了她几年，时间长了，老赵就忍不住了，最后只有选择离婚。

老赵最后选择我，说实话，我还是蛮感动的。我心里很感谢老赵，因为如果老赵不选择我，我可能就会一个人带着孩子去贵阳打工过日子，那么孩子就会没有父亲，我也没有丈夫，我们的结果是很不好的。

话说回来，老赵这个人其实还是蛮好的，而且他也很不容易。他虽然嘴巴碎一点，喜欢喝点小酒，但他的心是善良的，不然当初我也不会嫁给他。他是一个又勤快上班又顾家的人。老赵的单位是林东矿务局冒沙井煤矿厂，老赵就是专门下井去修理机子的，还修那个运输机的皮带。他天天上班，几乎没得一天休息时间。那时候老赵他们单位的效益还比较好，他们上班也是三班倒，有早班、中班和夜班，全部都是下井的。井下不是有那个拉煤的运输机吗？三个班挖的煤都是靠皮带运输机拉到地面来的，所以老赵他们真的辛苦。他们每一天都在井下工作八小时才能出到地面来，他们出到地面后，人人都要先洗个澡才能回家。但老赵常常回家来饭都还没有吃到就会有人来喊，说老赵老赵你快下井去一趟，井下有一台机子坏了。老赵只好又下井去把机子修一下。老赵他们真的很辛苦，除了睡觉就在井下工作，天天都是花猫脸，天天都穿脏衣服。

　　我喜不喜欢老赵？这个咋个说呢。刚开始，我对男人是没有概念的，那时候我只是很需要一个家，很想早点结束那种无家可归的生活，才听从亲戚朋友的介绍去认识男人的。老赵来找我的时候，我是什么事情也不懂的，但他是我们老家那边的人，也跟我说同样的苗话，因为听到老家的话我就觉得亲切，看他的样子也老实可靠，就像是在老家和亲人在一起那样。然后呢，老赵这个人其实是蛮憨厚朴实的，所以，当我们有了孩子之后，尤其是有了第二个孩子之后，其实我在各方面都是很依恋他的。所以我那个时候就一心一意地只想挣钱来帮助我们这个家，也帮助他。但我没想到，我被人骗了，被人贩子卖到了河北。然后我九死一生地赶回来，没想到老赵就跟他前妻过了。我当然很伤心。我很难接受这个现实。但我也必须接受这个现实。所以，我的想法很简单，如果老赵不要我了，我就带着孩子走。如果他还要我，我就继续跟他过下去。结果老赵选择了我。我也相信他会选择我的，因为我对他的那种好，他心里是有数的，我也相信他说的，他是以为我再也回不来了，他才去找前妻的。

而且，老赵说，收到我的电报之后，他就去我们冒沙井派出所报了案，还亲自去省公安厅找过我们的一个老乡，所以老赵的话多少让我心里好受了一点，毕竟，他已经尽力了，说明他心里还是有我的。

老赵的前妻走了之后，我们一家又可以过正常的生活了。那时候我们家人多，三个小孩三个大人，一共有六个人吃饭。老赵的工资才有两百多一点。但那时候的钱管用，十块钱都可以买好多东西。我回来的那一年，老赵就把他的工资全部交给我，他说，我把钱全部交给你，你来管这个家。我说可以啊，没得问题。然后呢，我还像从前一样，又去拼命打零工挣钱。

我又重操旧业，像从前一样跟当地菜农兑菜到贵阳去卖，每天起早贪黑，日晒雨淋，多少赚了一点钱来养家糊口。

到第二年,我的大女儿就六岁了,我就带她去报名读书。二女儿交给老奶奶照看。我每天奔波在冒沙井和贵阳之间。那些日子,真的过得像是做梦一样。

第五章

去医院当保洁员

自从 1994 年超生那次的事情之后,我们家就几乎一无所有了,幸亏老赵还有点工资来给我们买饭吃,我们才没有饿死在路边。

仔细想来,如果没有超生,如果不是家里空了,我也许就不会被人拐骗到河北去,因为那样的话,我们的生活就不至于那么困难,我也不至于急着去找那种没有把握的工作……想起来真的是,什么事情都是有根因的啊!

从河北回来后,我就汲取了教训,不再去做那种没有把握的工作了，然后，我把心思全部放在两个孩子身上。所以，我每天都去卖菜，这个工作我是熟悉的，也没有风险，而且，还是可以赚到点钱的，赚多赚少而已。然后呢，晚上回家，我就照顾我的家人。婆婆那时候虽然年纪大了，但还不要我专门照顾，她能够自理。老赵每天正常上班，下班回家来，我炒两个菜给他喝酒，他也很高兴。老赵和前妻生的大女儿住校，也不用我照顾很多。需要照顾的是我们的两个孩子。但大女儿很聪明，懂事，也很听话，她的学习很自觉，实际上也没让我太操心。小女儿有点费事，奶奶有时候不大能管得住她。

我们有一个女邻居，在贵阳市妇幼保健院上班，在那里搞卫生，当保洁员。有一天她回家来的时候到我家来玩，然后我就问她，你们那里还要不要人上班？当时她说，我去帮你问一下，如果里面差人打扫卫生那我就喊你过去嘛。我就好感谢她,我说谢谢你哦。她还跟我说,谢什么谢嘛,工作都还没找到。我就笑着对她说,肯定是要谢你啦,你那么关心我们家的。

过了一个星期,她真的帮我找到工作了。那时候都没有电话,要等她休息才回来跟我说。那女邻居说,我都去帮你问了,还有一个科室是检验科,差一个打扫卫生的人,如果你要去的话,就是明天去。我说好,我明天去。我问她,那他们给的工资是多少?那女邻居就说,这个我也不知道。又说,工资应该都是和我们一样的吧,既然都是一样的打扫卫生的工作,工资应该都是统一的一百二十块吧。我想,才一百二十块钱,我到底要不要去呢?

我自己拿不定主意,就等老赵下班回家来跟他商量。那时候老赵上的是白班,到5点钟他就下班回来了。等老赵把饭吃完,我就跟老赵说,那邻居姨妈[1]帮我找到班上啦,但工资有点低,你说我去还是不去呢?老赵问多少钱一个月?我说是一百二十元。老赵说,这个是有点低。我就说,我们的两个小孩现在都上学了,要用钱,我还是有点想去,再说,家里有奶奶,她可以给你做点饭吃,然后我去一个星期就回来一次,那里每个星期都有两天休息的,因为那个科室不是住院部,是化验室,星期六星期天都有休息的。老赵就说,那就随便你吧,你想去你就去嘛。我就说,我还是想去上班。

第二天我老早就起来了,背了个包,到我家对面的马路上去等车。那时候的车子少,不好等。等了半天才看到有一辆中巴车过来,我就上了车。到了贵阳妇幼保健院我就去找那女邻居朋友。然后她带我去找化验室的主任。那个主任说,好啊好啊,

---

1 姨妈,贵州汉语方言对已婚女性的称谓。

你就到我们科室来做嘛。那主任还说，我们科室的事情很少，主要是把地拖干净，每一个地方都拖干净，还有桌子板凳都擦干净。我就说，好的主任，我会擦干净的。

然后我就开始工作了。

那时候每一个科室都有一个大门是要上锁的，那主任就跟我说，小李我把钥匙给你，明天早上你才得用。你明天早上要起早，你每天早上6点钟就来把这地全部拖完，然后我们8点钟来上班的时候，地上要全部都是干的，如果你来拖地的时间太晚了，我们8点钟来上班就踩脏了。我就点头说，好，好的主任，我知道了。

从那一天起，我每天早上6点钟就去拖地。拖了一个星期，到休息的那两天我都不敢回家，因为化验室还有一个门诊，天天都有人来看病。然后我在科室上班快有一个月了，里面有几个医生就问我，小李，休息天你怎么不回家呢？我就说，还有两个门诊天天都有人，所以我不敢回家。

那几个医生就跟我说，小李，我教你嘛，你看门诊里是哪一个医生值班，然后早上你就来把地全部拖完，等医生都来上班的时候你就跟他们说，今天是休息天，我想回家去看看孩子，垃圾满的时候你们帮我收一下好吗？你嘴巴甜一点，他们是会答应你的。我说，这样啊，那我去试试看。

都快到中午 12 点钟了，我还是不敢跟那些值班医生说，因为我怕他们不愿意帮我收垃圾。但我很挂念我的孩子，就提心吊胆地去跟他们说，老师今天是星期六休息天，我想回家去看一下孩子我再转来[1]。那医生说，好嘛。我又说，如果垃圾满了麻烦你帮我收一下可以吗？那医生说，好的。我就跟那

1　　转来，西南地区汉语方言用法，回来的意思。

医生说，你收垃圾收好了，就丢在这边，明天我再来收走。我就谢谢那医生。然后我就把卫生全部做完，假也请得了，到下午4点多钟我才回家。

回到家天都黑了，他们都吃完晚饭啦。两个女儿高兴地说，妈妈你回来了，你还要去不？我说要去，妈妈去上班才有钱给你们上学晓得不？大女儿就说，晓得妈妈。我问大女儿，你去学校，上学放学你都是自己去来的是不是啊？大女儿就说，是的妈妈，我是自己回家的。我家奶奶在家做饭等我放学回来吃，我家爸爸去上班，奶奶和妹妹都在家等我放学回来才一起吃饭……听孩子说这些话，我的心里真的好难过。我就跟大女儿说，你要好好地听老师讲课，还有老师布置的作业你一定要做完，等以后你长大了，就还要上初中高中还要上大学好吗？以后你就有工作，又有钱拿给妈妈用，然后妈妈就不出去了，就天天在家陪妹妹和你好不好？我的大女儿就掉起眼泪，说好的妈妈。

回家住了一晚上，第二天下午我又回医院上班。

到这科室上班一个多月的时候，我还记得有一天是星期五，主任就喊我，小李你到我办公室来拿你的工资。我说，好的主任。主任跟我说，我们医院每一个科室临时工的工资都是一百二十元，这是你这个月的工资。你好好做，我们科室会考虑给你增加奖金的，每一个月给你二十元的奖金。那时我心里真是太高兴了。然后我就慢慢地熟悉这个科室的每一个人，他们都喜欢我，都觉得我这个人很老实，又很勤快。当时有一个医生就说，才来这里一个月，你把我们科室打扫得好干净。那时候我还是相信好人有好报。我记得这一年，我是三十岁。

那时候我很勤快，一天可以做很多事都不觉得累。科室里面的医生每个人喊我做什么我就去做什么，不觉得累也不怕脏。到后来不仅科室里的医生喜欢我，整个医院的人也喜欢我，还有，跟我一起做卫生的同事，都喜欢我。每个人都喜欢喊我帮忙做事情。

然后就有些医生喊我到家去帮他们搞卫生。那时候我除了上班不去帮人，下班了就去帮那几个医生做事情。

我们打扫卫生的下班早，每天下午4点半左右就下班了。后来就有一个医生来问我，小李你想不想找点事情做嘛？我说，想啊。这个医生叫我在她下班的时候去帮她买菜，然后跟她回家去帮她家人做晚饭。我说，好嘛。那天我5点钟就下了班去找那医生，那医生说，我拿二十块钱你去买菜，你买了菜就回我家去做饭菜，我妈妈在家的。我说，好的。

后来我每天下班后都去帮她家买菜做饭。那医生家有三个大人一个小孩。这样帮了她家一个月之后，那医生就说，小李你帮我家已经有一个月啦，我也是去问他们了的，他们说又买菜又做饭的这种工资应该是五十块钱一个月，我也开你五十块吧。我就笑着说，老师你随便给一点就行啦。那医生就说，要给的，你一天那么辛苦，我肯定是要给你的。那天她就发五十块钱给我。当时我好高兴啊！

另外一个老师也喊我去她家打扫卫生。那老师说，小李你每个星期六去帮我打扫一次好吗？我也答应她，说好的。然后到星期六早上8点我就去她家打扫卫生。他们家有三室两厅，房子很宽，可能从来没做过卫生吧，实在太脏啦，那天我从早上8点钟做到晚上7点半钟才做完。我一个人打扫一天到黑还是很累啦，但是回家来睡了一觉，到第二天就好了。

那时候我每个星期六都去那医生家打扫卫生，星期天我就回家看两个女儿，到星期一的早上又赶车到医院上班。我的日子感觉过得很快，一天天都是忙忙碌碌在过。我什么都不想，只想多挣点钱把我那个家撑起来，让我们家也能像其他的普通家庭那样生活。所以我天一亮就起床到科室把地拖完，然后把每一张桌子都擦完。到 8 点钟医生他们来上班了，我就可以回去吃早餐啦，把早餐吃了又来科室做保洁。

有一天我在科室里遇见了那个叫我去给她家做卫生的老师，她说，小李你帮我做卫生快有一个月了啊。我笑着说，还有一次才有四个星期。那个老师就说，小李你过来我拿钱给你。她说，你第一个月在我家做，我家太脏啦，我多开点钱给你，这个月我就拿三十块钱给你，然后下个月我就给你二十五块钱好不好？当时我心里在想，我在你家做得那么累，你还扣五块钱，但那时候我还是很高兴地对她说,好的老师,随便你拿好多[1]都可以的,给好多都没关系的。

然后那个老师就跟科室的其他老师说,我们科室的这个小李打扫卫生真的可以,搞得干净得很。

我跟这科室的所有医生和护士的关系都很好,大家有什么事都喜欢喊我帮忙。那时候医院的病人不多,所以我们也才有时间去帮别人做事。

有一个医生也是我们科室的,她也叫我每天早上去帮她把小孩背送到幼儿园。我就跟她说,我不知道我的时间来得及不。那医生就说,来得及小李,你就帮我送嘛,我早上起不来,还要上班,你就帮帮我嘛。我觉得不好拒绝她,就答应了。然后从那天起,我每天早上就得5点半起床,先到科室去打扫卫生。然后我一边打扫卫生,一边看时间到8点

---

1 好多,西南地区汉语方言,多少的意思。

没有，如果到 8 点钟了，我就跑到那老师家去，背那个小孩去幼儿园。

这样一来，我的事情就做不完啦，也太累啦。但是，科室里的老师喊我帮忙，我是不好拒绝的。我觉得在这里工作很好，我很害怕失去这个工作。

又到一个月了，那个叫我送小孩到幼儿园的老师又拿了二十块钱给我。就这样，除了上班，我又去帮三个老师家做事情。那么一个月下来我还是有点钱的哦。但这都是我辛辛苦苦挣来的钱。我等他们全部发工资给我了，我就来慢慢地计算一下，因为我不识字，当时我就拿一张纸来算了半天。我是这样算的：科室发的工资是一百四十块钱，帮老师家买菜和做饭得五十块钱，还有一家是每个星期去打扫一次卫生的，那老师给我二十五块钱，再就是送小孩到幼儿园的这家给我二十块钱，这样加起来我总共就有二百三十五块钱了，我心里真是高兴得不得了。我在想,我的工资和我家老赵的工资都差不多一样多了。

我们在医院上班的所有临时工,住的都是医院的房子。医院就从我们的工资里面扣出十元钱来当房租费,所以我每个月真正拿到手的钱其实只有二百二十五元。我们的宿舍就在医院旁边。我住的那一间有八个人住,是上下铺的那种床。每一年到学校放假的时候,两个女儿就上贵阳来跟我一起玩。我住在上铺,两个女儿都跟我一起睡在上铺。我还记得有一天,特别热,我们三娘母睡在上铺,我的大女儿,睡着了,到半夜就从上铺掉了下来,当时她就哭了。那时候我还在梦中,被她的哭声吓了一跳。我就赶紧下来抱着她。我问她你有哪里痛不?她说不痛。我就抱她上去继续睡。到第二天早上起来我看她也没什么事,就没带她去医院。

现在想起来以前我们过的日子真的是好心酸,

大人辛苦，小孩也是跟着我们一起辛苦。以前贵阳不是有摆夜市的吗？我家两个女儿就都去进点玩具来卖。她们每天晚上6点钟就出去摆夜市，每晚也还是卖出去不少玩具。我看她们两个回家来数钱的时候，还是赚了点钱的，卖一个晚上大概可以赚几块钱吧。她们两姊妹就去摆了一个多月的地摊，最后一个人赚了几十块。我就跟她们两个说，这钱你们就拿来买学习用品，不要乱花。大女儿说，妈妈我们用不完那么多，我们两个都拿来交给你。我就说，那好吧，我帮你们存在我这里，你们要用的时候我再拿给你们好吗？我的两个女儿就笑着说，好。

看着懂事的孩子，有时候我觉得人生活得还是值得，就是说，光为她们活着，我觉得人生也是美好的。但有时候又觉得老天爷实在太不公平，每当我刚刚看到生活有点起色的时候，我们家又会遇到更大的困难。那时候就是这样。由于老赵他们的煤矿越来越不景气，他被安排"内退"了。我后来才晓得，所谓的"内退"，只是"下岗"的另一种说法而已，其实就是失业了。

老赵在单位上没有了岗位之后，他也跑到贵阳来找事情做。他来贵阳的一个火锅店当保安。老赵去那里当保安的工资是一千五百元一个月，包吃包住。所以老赵对"下岗"这件事倒不怎么计较，用他的说法，反而是"因祸得福"了。

家里家外都是我在管，所以我觉得好累哦！因为我在医院上班已经有十来年了，所以几乎每一个科室的医生都认识我。当时就有几个医生问我，小李你现在还在给几家人搞卫生嘛？我跟他们说，现在我做四家。就有一个老师跟我说，小李你干脆别上班啦，你来包这个卫生做，钱还要多一点。我也在想，是啊，现在这个医院的卫生这一块都有外面的老板来承包，那些人都不是医院里的人，所以这个卫生就不像从前那么好做了。有一回承包卫生的老板叫主管来接洽我，那主管到科室里面来，没看见我，他就说我这样那样的，当时我就觉得很不舒服，我就不想再做这个工作啦。听了那个老师的话，我觉得有道理，于是我就请他帮我写辞职报告交上去。

主管就对我说，李玉春你做得好好的，为什么要辞职嘛？我就对他说，我家里有点事，我想跟你们请假，但是我回去不知道要好长时间才能回来，就怕影响到你们的工作，所以我就先辞职吧。

然后我就不在科室打扫卫生了。我就一心一意地来跟这几个老师家打扫卫生来了。我开始出来给他们家打扫卫生的时候，才有七八家要我做，后来医院的老师都知道我出来搞家政了，于是就有很多人来喊我去给他们做。那时候每个星期都有人来找我去给他们家搞卫生。开始都是我一个人去做。后来我的生意就开始多起来啦,几乎医院里的每一个医生都来找我做,我都答应他们。我回家一数,都已经有二十五家啦。我就拿了一个本子来请他们帮我写好,每一家的名字和地点。到时候我才好找到他们家,然后一家一家地去搞卫生。

跟我一起租房子住的那几个姨妈都说,小李你还是去找两个人来和你一起做吧,要不你一个人做太累啦。我想,我喊哪个人才合适呢?那时候我想了半天,也想不到有合适的人,哎呀还是算了吧,我一个人去做吧,因为我想,他们都是有钱的人,万一我找到的人不好,那我就麻烦大了,我就怕请来的人把主人家的东西搞坏什么的,到时候都是我的责任。我就决定还是不找人了,我就一个人来给这二十五家人打扫卫生。

我就自己来安排啦,早上做了一家,下午做两家。那时候我就专门给他们搞卫生了，还有人要叫我去帮他们做晚饭，那我就不答应了。我跟他们搞卫生的时候，第一次做的，每一家我都一定要做到位，就是把所有的死角都打扫得干干净净的，然后第二次去打扫的时候就轻松一点了。有一些人家的地板要差点，我就要费很大的力气才能搞干净。

那些老师，大多数都是很好的，但也有些人很啰唆，不理解人，总是说这里没搞好，那里没搞好。对这种人，我只给他们做一次，第二个月就不去做了。我就跟他们说，我老家有事，这个月我就不做了。那个月我辞掉了五家。我一共有二十五家，还剩下二十家，都是比较好说话的。我就安排时间去做这二十家，从星期一做到星期五，然后星期六星期天还可以休息。

那时候我每天只做两家就可以啦。有一些老师家里没人在，我还要去医院跟他们拿钥匙再去他们家搞卫生。我把卫生做完，然后把钥匙放桌上就出来啦。因为那时候没有电话也没有手机，我到医院跟他们拿钥匙的时候就说，我把卫生做完了，再拿钥匙来给你。那老师就说你把卫生做完，把钥匙放桌上就行了，就不要再拿回来给我了，你一天做得那么辛苦，早点回家休息吧。我觉得这些老师对我真的很好。

我做家政的这二十家人，每一家的面积不同，有一些老师是两室一厅的房子，有些是三室一厅。两室一厅的是二十五块钱一次，三室一厅的是三十块钱一次。我做到差不多有两个月了，就来算一下我的工资，觉得收入还是比在医院上班的时候多一些。我对自己说，累就累点，还是比在医院上班强。

就这样，我一个人帮二十家人打扫卫生差不多三年。然后我看到我的两只手都脱皮了，变得很粗糙、难看，因为每天都在泡水，手都烂了。我就在想，我这两只手天天这样泡水，时间长了以后，老来[1]会不会有什么问题？于是我就想，我的这个家政还要不要继续做下去呢？要不我就退掉一些少做一点？但我又想，如果退了几家，那钱就少了好多，那我又很舍不得。

然后医院那边又有医生来动员我回去搞卫生了。他们对我说，你回来的话，我们可以给你买"五险一金"。那时候我不懂得什么叫"五险一金"，后来问了别人，才知道是买保险。我想，医院可以给我买保险，这个是好事情啊，那将来我老了，也还有一点钱来吃饭呀。这样一想，我又想回医院了。

我们一开始在医院上班的时候，医院是没有给我们买什么保险的。一样保险都不给我们买。那时候我实际上已经在这个单位干了十年了，可是他们

1　老来，西南地区汉语方言，老了以后的意思。

没有给我买保险，我自己也不知道我们有权利去要求医院给我们买保险。然后有一天我出去买菜时，就遇见我的一个朋友，她也是在医院做临时工的。她告诉我，医院已经开始帮临时工买保险了，小李你还是到医院来上班吧。又说，你出去做那么累干什么嘛，我看你是个好人才跟你说，你还是到医院来上班划算些，你来看哪一个科室差人你就到那个科室上班就行啦，到时候他们会给你买保险，以后你老来才有点生活费。我就对她说，谢谢你告诉我这个消息，也谢谢你那么关心我，那我回头去问一下医院，看看他们哪个科室还差人。

那时候我出来做家政都已经有三年啦，但是以前我在医院上班的时候，几乎每一个医生都认识我，所以当我来到医院打听，看哪个科室还需要人时，很快就有医生告诉我，说儿科这边还差一个护工，我就去儿科重症病房打听情况。

最后我找到负责管理卫生的那个主任，我说，主任我想找你有点事情。主任说，什么事情你说。我就说我想回到医院来上班。我又说，听他们说你这里差一个护工是吗？主任就说，那你不是想去做家政吗？我就跟主任说，如果你让我回来医院的话，我就把所有的家政都辞了，你家的我就继续帮做嘛。那主任就笑我，说你这小李太聪明了哦。

我就问主任，听说现在医院是为我们临时工买保险是不是？主任说，是的，是有这回事。我就说，所以我呢，想回到医院来上班也有这个原因。主任说，你的想法是对的，然后他说，好的，那我跟护士长说一声，安排你明天就来上班。

我真的很感动。我说，谢谢你主任。然后管我们的那护士长就来跟我说，小李，我们这科室是重症病房，全部都是病重的小孩，所以你要有心理准备，看到病人病危或死亡你都不要害怕和慌张。我听她这样一说，心里还是害怕，但我说，好的。然后护士长说，你明天就来跟我们的护士一起上白班，你以后在我们的科室上班的规矩是这样的：三班倒，然后你们和护士一起上班，你们的责任就是给病人换尿片喂奶，还有大一点的病人，你看到时间吃饭了，就去外面喊家属买东西来，然后你就去外面拿东西来喂他们吃，但是你要注意，去接那些吃的东西的时候，你要看是哪一床的，叫什么名字，你就把它全部写好，免得到时候弄错。

回到家来我就想，我选择来上班是对的，因为在医院上班对我来说还是有好处的，第一是医院帮我们买了保险，那么到我老来就有一点生活费；第二是现在医院的工资待遇也提高了，跟我自己单独搞家政的收入也差不多了；第三是，我估计没有那么累了，这样我可能会有时间多照顾我们家人一点。

就这样，我又来到贵阳妇幼保健院上班了。其实,那时候我也还有六家的家政在继续做。我下了夜班睡两个小时,然后就可以去做家政。如果我上中班的话,那就要到下午4点钟才上班,我就在早上去帮他们做家政。如果是上白班的话,那就要到下午4点钟下班后才有时间去给他们做卫生。下午去搞卫生的话,那就要到晚上八九点钟才回到家,那就还是有点累哦。但累我不怕,只要得钱来补贴家里,我心里还是很高兴的。

第六章

两个女儿慢慢长大

我到医院上班之后,我们家的生活也慢慢好转起来了。虽然我们过的还是最底层的那种普通而平常的日子,但毕竟感受到了家的温暖,也看到了生活的希望,主要是,我在女儿身上看到了希望。我的两个女儿也长大啦。大女儿都上小学五年级了,小女儿也上到三年级了。我在医院上班几年后,我们家就开始存了一点钱。虽然不多,但是存有那么一点,心里比之前踏实了很多。之前我最担心女儿上学没钱交学费,但现在因为有了一点存款,我就不那么担心了。

虽然我们家的经济状况总的来说有了好转,但我们还是很节约的,我从来不敢给自己买一件新衣服穿。说实话,我穿的差不多都是医院里那些医生送的、她们要丢弃的旧衣服。我的两个女儿穿的也差不多都是她们送的旧衣服。当然老赵的衣服我得买,奶奶和老赵与前妻生的那个女儿的衣服也得买。但买的也很少,我一般都是在过年的时候给他们买一套。

一转眼,我在这个医院的科室上班差不多七年啦。到后来我们的工资也涨了,我的工资涨到了三百五十元,然后还有一百元的奖金,加起来就有四百五十元啦。同时我还继续帮三个医生家做家政,那么全部的钱加起来,一个月就有八百多块了。跟别人比起来,我们家还是穷的,但跟我们自己以前的情况比,那就有很大的改变了,我也不那么担心交不起女儿的学费了。

　　同住一个房间的几个同事就说我,小李你挣那么多钱干吗?你每天都去干得那么累干什么?我就笑着对她们说,你们也不知道我的苦衷,我们家人口多,有三个孩子读书,还有几个老人需要赡养,不累就没有钱,没有钱就养不活家人啊。

　　跟我同住的那几个姨妈,她们每个星期六和星期天都要去河滨公园里面的一个舞厅跳舞。我就没有时间跟她们一起去玩,因为我每个星期六还要去那医生家打扫卫生。我把她家的卫生做完就到下午4点多钟啦,然后还要赶回家去看我的两个女儿。因为那时候没有电话,没有办法跟我的两个女儿说我今天回家还是不回家,两个女儿每个星期六的下午都要到车站去等我。有时候我回去晚了,天黑了她俩都还在马路上等我。所以呢,我就必须每个星期六的下午回家去。除非我提前跟她们说,这个星期我不回家。但我都不忍心这样说。我想,还是算了吧,我还是回家看一下孩子吧,因为我们每个星期才见一次。所以我就没有时间和姨妈们一起去玩。几个姨妈就总是说我,小李你要抽点时间来玩,你不玩以后你老了,会后悔的。我只能笑着跟她们说,好的好的,我哪天去把这一份打扫卫生的工作辞了,就可以每个星期六和你们一起去跳舞啦。几个姨妈在笑我,说快去辞掉吧,不然你都老了,跳不动了。

到了在医院上班的第八年,我的两个女儿都已经长大啦,她们都上初中了,站起来都比我高了。然后我们就不想住医院的房子了。因为两个女儿都长大了,有时她们来看我睡处都没得¹,加上我们一个房间住七个人,有时候有家属过来,很不方便,所以我们几个姨妈就决定去附近的小区里找房子租

1　没得,西南地区汉语方言,没有的意思。

来合住。

我们就去小区找房子,很快就找到了一个正在等待出租的房子。我们就问房东,你租的房子要好多钱一个月嘛?那房东就跟我们说,我要七百块钱一个月,而且要交一个季度的钱给我。我们几个姨妈就跟房东说,你的房租能不能少一点?我们是在医院打扫卫生的,没有多少钱。那房东就说,我知道啊,那就少一百块钱吧,看你们拖娃带崽的也不容易。就这样,我们几个姨妈就以每月六百块的钱租到了一个套房。我们是四家人,平均下来每一家也就一百多块,这个价格我们觉得还是可以承受的。

那房东的房子是三室一厅的,每一家分一间,我就住在客厅,厕所和厨房都是一起用的,还有水电费都是一起平摊。这样一来,我们几个姨妈生活起来就方便多啦。

那时候两个女儿都上初中啦,她们也不再像小时候那么离不开妈妈了,所以上班太累的时候我就不回家了。我告诉她们,如果妈妈星期六不回家,星期天你们就可以来贵阳看我。然后到了星期天她们两个就自己坐车到贵阳来了。她们来了,我们也有住的地方了,我们住在出租屋里,再也不担心从床上掉下来了。

学校放假的时候,两个女儿就来帮我一起去搞家政。她两个和我一起去到那些医生家,然后我们就分工来做,我说你们两个做房间,我来做厨房。大女儿就说,妈妈我们三个一起做啊,一间一间做才快点呀。我就跟两个女儿说,我们做事情不要图快,要做得让家长[1]回来一看就满意才行,你们说是不是嘛?两个女儿就都不说话啦。

我就在厨房做,她们两个在房间做,我在厨房

1　家长,西南地区汉语方言用法,这里指房主。

还没做完，她们两个就把房间打扫完了。两个女儿到厨房来跟我说，妈妈我们两个把房间全部打扫完了。我就笑着说，真的啊，那你们两个休息一下，等一下我把厨房做完了，给你们检查一下做得合格不。两个女儿对着我笑，说好的。

她们两个人跟我一起去做卫生，一方面是得到了锻炼，懂得怎么做家务，另一方面也了解到妈妈挣钱的辛苦，她们就很可怜妈妈，不会乱花钱。从我这方面来讲，有她们的陪伴，我也很开心，同时我们也能早点把事情做完，然后回家享受我们母女团聚的时光。说实话，这么多年了，我们母女虽然没有长久地分开过，但也很少有正常的家庭生活，我见她们面的时间也不是很多。这样想起来，我心里有时蛮难过的。

两个女儿已经把卫生做过一次了，我又去做第二次，因为有些地方她们没有做到。两个女儿就说我，说妈妈我们两个才做完的，你为什么还要重新去做啊？那我们不是白做了吗？我就跟她们两个说，我看到有一些地方你们没有擦到，所以我来重新擦一下。我就跟她们两个讲道理，我说，以后你们做事，不管是给别人做的，还是做给自己的，都一定要用心来把它做好做完，人家回家来一看，清清爽爽的，就觉得你做得很好，人家下次才会还要你做；如果你做得很马虎，人家就不会要你再做了。女儿说，是的，妈妈说得有道理，如果我们做得不好，那下个月他就不会要我们在他家做了。我说，是啊，你不好好地跟人家做好，那下个月人家就肯定不会要你来做了呀，到时候我们就少挣一家的钱了呀。

我的两个女儿就说，是啊妈妈，那我们就每一家都好好地做。我的两个女儿真是又懂事又听话，两姊妹一到假期就来帮我做好多事，要到开学的时候她们才回学校去。

两个孩子都长大了，我也轻松多啦。前几年她们两个来到贵阳的时候还要去做点小生意，除了去夜市上摆地摊，还会在医院里卖晚报，现在她们都长大了，都不好意思去做生意啦。每个假期她们都会到贵阳来玩。我去哪家打扫卫生就喊她们跟我一起去，让她们知道妈妈挣钱非常辛苦，我就对她们说，所以呢，妈妈才那么痛心喊你们要好好读书，哪怕没有读到大学也可以找一点轻松的工作做。我就跟她们说，你们两个都看到啦，妈妈就是因为没有读过书，没有文化，所以才做这种又脏又累的活路。因为妈妈一个字都不认识，就只能做这些事情啦。

我的两个女儿就说，好的妈妈，我们晓得啦，我们两个会好好读书的。那时候我的两个女儿真的很听话，真的值得表扬，她们两个从小就自己走路到学校去上学，从来没有大人接送过。从我们家里走到学校，要半个小时才能走到。我的大女儿真的太听话了，一到放学就去找她的妹妹一起回家，从不跟别的同学打架，也不跟那些爱打架不爱学习的同学玩。有一天早上，我从贵阳坐公交车回家，遇见了大女儿的语文老师，我就问那老师，我家赵顺菊的成绩怎么样啊老师？老师就问我，赵顺菊是你的女儿吗？我说是呀，因为我在贵阳打工，基本上都没在家，我都是一星期才回来看她们一次，没有时间过问她们的学习，不知道她们的学习成绩好不好？在学校听不听话？老师就说，你家的赵顺菊还是听话的，但她的学习成绩是一般般的，你回来就要喊她们好好学习，现在抓紧还是赶得上去的。

  我也只能笑着说，好的老师，谢谢你啦。老师问我，那你不在家谁来做饭给她们吃啊？我就说，家里面有奶奶做给她们吃的，还有她爸爸也在家，但她们的爸爸一天只忙上班，什么都不管，我家两个女儿放学回家来，作业已做完，她们爸爸也从来没有检查过，但两个女儿还是自觉地做完每一天的作业，可能是作业不完成第二天去学校要被老师骂吧，所以她们每天都把作业做完了才睡觉。

我回到家，有邻居就来跟我说，小李你有这两个女儿真的有福气哦！我就笑着说，不晓得呀伯妈，不过现在她们还是很听话，没让我太操心。

当天晚上我就把语文老师的话转达给我大女儿。大女儿就不说话。我说，老师说得不对吗？大女儿说，妈妈，我会努力学习的，你放心吧。

到第二年，我女儿就考取了贵阳的一所高中。

那是2005年夏天，我的大女儿考上了贵阳小河中学，我们一家人都很高兴，尤其是我，我最高兴，我就觉得像是自己考上了高中一样。那个时候我就想，我的女儿有文化了，她再也不会像我那么受苦了，再也不用像我去干那些脏活和苦活了。

那一年，我大女儿十六岁，我三十八岁。一转眼，我已经在这个城市生活了整整二十年。

那时候我已经回到贵阳妇幼保健院重症室上班，做护工，跟其他护工一起三班倒，有时是白班，有时轮到夜班。无论是上白班和夜班，我都还抽时间去给六家人做卫生，日子就这样一天一天过去，一转眼就过去三四年啦。现在回想起来，那几年是我最累又最快乐的几年。

我的大女儿都到贵阳来上高中啦，小的女儿还在冒沙井上初中。平时我忙上班没时间照顾她们，只能每个星期抽点时间回家去看小女儿，买一点菜做给她吃，补充一点营养。因为我们家的条件不好，我和老赵都没有文化，没有能力指导孩子的学习，所以那时候我的两个女儿的成绩都不算好。我觉得她们已经很尽力了，但因为我们两个大人都没有能力，再加上我也不经常在她们身边，就随便她们读到哪里算哪里吧。

  大女儿考高中的时候，考下来的分数也不高，好像得的分数是456分。那时候是看分数来报学校的，我和大女儿我们两个想报贵阳的学校又怕得不到。因为我是不识字的人，所以我只能是心里干着急。我就跟大女儿说，你的这分数在贵阳报名不知道会不会录取？大女儿就说，妈妈你不要操心啦，我们同学分数和我一样的，他们都在报贵阳小河的一中，那我就和同学一起报这个学校吧，管它好不好，只要有学上就行了。我说那好嘛，那就随便你嘛。

  最终大女儿如愿以偿去贵阳小河上的高中。她上高一高二的时候，就住在学校里，到高三的时候，我就去学校附近租了一室一厅的房子给她住。因为到高三就要准备高考了，学校的集体宿舍很吵闹，她说看不进书，我就为她单独租了房子。我心里想，如果女儿能考上大学就好了，那样她就可以有工作，再也不会像我这样辛苦了。所以，关键时刻我不能拖她后腿，不能让她因为我们家的贫穷而遗憾终身。

大女儿上高三那一年，我每个星期都买她喜欢吃的菜给她送过去。我忙的时候，没时间给她送菜就叫她在外面买点来吃，有时候她也自己做来吃。俗话说，穷人的孩子早当家，我家大女儿很早就会自己做饭做菜了。那时候我们家分三个地方来吃饭，除了我自己在单位附近跟几个姨妈一起租有房子，大女儿这边也可以做饭菜吃，小的女儿也可以一个人在家做吃的，她放学的时候也经常自己做饭来吃。

我自己挣点钱都是拿给她们两姊妹做日常开支，还有就是开支她们每个月的生活费。然后就忙忙碌碌地到了大女儿高考的时候了。

她要考试的时候，我就经常去照看她，也督促和鼓励她。我看到她经常因为做不来¹题目而发脾气。我也没有骂她，只是对她说，不会做就去问老师嘛。

　　她考的是文科，考下来的成绩并不理想，只有446分。按照这个成绩只能填报二本和三本的大学。那我们就在二本学校里选择，看看填哪一个学校才比较妥当。我听说，很多人家的孩子考出来的成绩其实不差，但因为填报学校不合理，最终没有学校录取，所以我们就非常认真地研究这个填报学校的事情。

　　但我就是没有文化呀，我实在不晓得怎么才能帮助我的女儿。大女儿就自己根据分数线填报了三个学校，两个贵阳的，一个凯里的，然后就等待通

1　做不来，西南地区汉语方言，不能完成的意思。这里指做不出来题目。

知。我们等了很久也没有得到通知。我大女儿就说，妈妈，实在不行，我再复读一年吧。她这样说的时候，我心里就很难过，我不是担心她复读要钱多，我是担心她复读又要再受罪。何况，复读也不一定能考到更好的学校啊。因为我有一个老乡的儿子，第一年考上了，但学校不理想，他们就给儿子报名复读，结果第二年考到的学校比第一年还差。我就对大女儿说，实在是没有学校读我们当然只能复读，但现在不是还没有录取完吗？不是还有学校在录取学生吗？我们就再等等吧。

我就一边安慰我的大女儿，一边到处托亲戚朋友帮忙，看看有谁能够帮助我们。然后我突然想起了我有一个亲戚，他也在大学里当老师。因为我们平时没有往来，所以突然给他打电话有点不好意思，电话打通的时候我心里就很紧张，然后他就问我，阿包你打电话给我你有什么事吗？

我就对他说，哥哥不好意思，我想麻烦你一点事情，是这样的，我女儿今年高考了，她的分数不理想，才得446分，所以她填报的志愿只有凯里学院，但是我怕录不取，所以想请你去帮我家女儿查一下，看看凯里学院到底要多少分数才能去读书？那亲戚就说，好的，我去帮你打听一下，你把你女儿的名字、考号和成绩都告诉我吧。听到他这样说，我真是高兴得不得了，我就说，谢谢哥哥啦，真的太谢谢你了。

到第二天，我那亲戚就打电话给我，说我大女儿已经被凯里学院录取了。我也不知道是我女儿自己本来就已经够了分数被学校录取了呢，还是那位亲戚找人帮忙的结果，总而言之，我大女儿考上了大学，我的第一个重担算是从肩膀上卸下来了。我只能是高兴得连连说，谢谢你哥哥，非常谢谢你。

果然，过了不久，大女儿就收到了凯里学院的入学通知书。然后到8月28号我就带她去凯里报名入学了。她就开始在那里读书,共读了三年。凯里距离我的老家雷山很近了,我在那边有很多亲戚朋友,大女儿也就经常得到他们的照顾。

操心完了大女儿的事,回头来我又去操心小女儿的事。三年后,我的小女儿也高考了。她的成绩比大女儿还差,才得了385分。我就问她,你这个分数能读什么学校?小女儿说,我不知道,过两天再说吧。因为没有考好,那两天我看到我小女儿很难过,我就安慰她,别难过啦,考到哪里就去哪里读吧,你已经尽力就行了。小女儿就跟我说,妈妈我的这分数只能读一个大专。我就说,读大专也很好呀,能读哪些大专学校嘛?小女儿就给我讲了好些大专学校的名字。我当然一个也搞不懂,但我觉得随便读一个都可以的。我心里就在想,起码,这些学校都比我读的学校好啊,我读的是不用认字的社会大学啊!

我问小女儿要不要再补习一年,明年再考?小女儿说,如果有学校读,我也不想补习了,我估计补习下来,明年考出来的成绩也跟今年差不多。小女儿这样讲的时候,我心里是明白的,因为我知道学习是要打基础的,基础好,你补习才有可能考得好,基础不好,再补习也没有用。这是老师们告诉我的,我自己也明白这个道理。我因为长期不在家,小女儿没有得到很好的监督和管理,她的基础不好,加上她天生不如大女儿爱读书,所以高考成绩不理想也在我们的预料之中。

第二天,小女儿就对我说,她的志愿已经填好了,是一个旅游学校,学的是旅游管理专业。我就对她说,搞旅游管理?是不是以后毕业了去搞饭店管理啊?那还不错啊,那也要得[1],只要你喜欢就行。

---

[1] 要得,西南地区汉语方言,可以的意思。

小女儿的那个学校是在贵阳市金阳新区那边，她也是读了三年才毕业。那时候我的大女儿已经毕业开始工作了，小女儿也跟着毕业，然后在一家大酒店上了班。看到她们能有这样的结果，我感觉自己一生劳苦的汗水，总算是没有白流。

第七章
接二连三的厄运

我以前常常听老人们说,人有旦夕祸福,月有阴晴圆缺。说实话,我以前虽然也大概知道这话是什么意思,但并不真正明白这句话的实际含义,直到后来我经历了很多,才真正明白,这句话其实说的是人无法预测明天将会遇到什么样的命运。

我有一个哥哥,还有一个嫂子。哥哥和嫂子有两个孩子,一男一女。那时候我爸爸跟他们一起过,是很幸福的一家人。但后来出现了意外,就是我哥哥生病去世了,我们家就遇到了很大的困难。

那是 2001 年的时候。这个事情先要从我的嫂子被汽车轮胎撞倒讲起。有一天她从坡上干活回来，快到家门口了，在马路边上被一辆中巴车的轮胎撞倒了。中巴车是从榕江开到凯里的。那时候我嫂子正好挑了一挑猪草走在马路边边上，眼看只有几十米就要到家了，那中巴车的轮胎突然就掉出来了，直接朝我嫂子飞滚过来，轮胎和我的嫂子都滚到水田里去了。嫂子在水田里起不来，只能躺在那里。幸好有好心人经过，就回家去喊我哥哥下来。那时候是下午 5 点多钟，我哥哥是在家的。我哥哥就下去把我嫂子抱起来，发现我嫂子的两只脚都不能动了。

我哥哥就给我打电话。我们老家有规矩，因为我已经结婚了，我哥就喊我姑姑。他说，姑姑，不好了，你家嫂子被一个中巴车轮胎撞倒了，两只脚全部都断啦，不好了。当时吓得我路都走不了，饭也吃不下。我听我哥哥的声音,他也是被吓到了。我就安慰他,我说,哥哥你不要怕,有医院的,先拉嫂子到医院去。你叫他们把嫂子拉到凯里的医院去治疗,或者叫他们拉到贵阳来治疗,贵阳的医院条件好一些。那时候中巴车司机也在旁边,我哥哥就要求他赶快拉我嫂子到凯里医院去住院。但那中巴车司机不同意,他们就把我嫂子拉到雷山县的医院去检查,只拍了一个片子,住了一夜。片子拍出来,医生说,她的两只脚全部断了,有一只是粉碎性骨折,这里没有治疗设备,叫他们赶快转院到凯里去。

我第二天赶到雷山,要求司机把我嫂子送到贵阳去治疗。但司机不同意,司机说,这个事情,我个人说了不算,我们是属于凯里运输公司的,只能听公司领导的,得请示我们的领导。这样,他就打电话请示他们的领导。领导只同意他们把人送到凯里治疗。这样，他们就把我嫂子送到了凯里州医院去住院。住了一个星期，动了手术。之后我嫂子就在那医院住了一年的院。

那时候我哥哥是做生意的，有点钱，就全部用来开支生活费了。家里的活全部是我爸爸在做。我爸爸那个时候已经有七十多岁了，他一个人要做所有的家务，还要给两个孙子孙女做吃的，太辛苦了，我回家看到他都会流眼泪。我也想留下来帮他们，但那个时候我的两个女儿都在读小学，也要我照顾，所以我帮不上他们的忙，只能留点钱给我哥哥，然后经常回去看看我爸爸。

我嫂子一共在州医院做了三次手术，都没有做好，到第三次，反而化脓了。我就去问管床的医生，说怎么做了那么多次手术，我嫂子的脚还不好起来，反而化脓了？医生就说，你嫂子的脚是粉碎性的，我们只能慢慢来，多做几次手术，你放心，我们会对她负责的。医生这样说，那我也无话可说了，我只能说谢谢医生。为什么要谢谢医生呢？因为我们一点都不懂，只能听医生的。

我哥哥就陪我嫂子在医院住了差不多两年的院。嫂子的脚就有好转了，开始可以走一点路了，但哥哥的脸色却越来越差。有一回我问哥哥，你脸色怎么那么差啊，是不是生病了啊？我哥哥说，没有生病，我是照顾你嫂子太久了，家里没有积蓄了，没有生活费，吃得太差了，所以才这样子的。我就叫我哥哥去凯里运输公司找他们领导要生活费。但他们领导说，我们公司目前只能负责医院的治疗费，至于生活费，你们先垫付着，到最后我们再一起算，我们会补给你们的。

那时候我在贵阳妇幼保健院上班，我就把哥哥的情况给一个姓王的医生同事说了，她就说，你哥哥的生活费他们应该给的，照顾你嫂子本来是他们的责任,这样吧小李,我有一个朋友在凯里当律师,我问一下这个律师,看看这样的事情该怎么处理。我说,那太好了,谢谢你王医生。那王医生又嘱咐我,说他如果跟你要其他的钱,你就不要给,你只给他点跑路费就可以了。

然后王医生就把那律师的名字和电话都给了我,叫我自己跟那律师联系。我就马上给那个律师打电话。那律师也姓王。他就说,你嫂子的情况王医生给我说了个大概,这样吧,明天我们在医院门口见个面,我们具体说一下,你看怎么样?我就说,好的,谢谢王律师。

第二天我就在州医院大门口见到了王律师。我把情况前前后后都说给那律师听了。最后他说,好吧,情况我大概了解了,我去帮你跑跑看吧。我就问王律师,你需要多少跑路费啊?王律师说,这样吧,你这个情况,你就先拿五百块钱给我。我就给了他五百块钱。

然后，一个多月过去了，王律师这边没有任何消息。我就打电话给他，问事情办得怎么样了？他就说，哎呀，你这个事情啊，难办得很，麻烦得很，不好搞啊，要告他们的话，你还得花钱。我问还需要花多少钱，他说起码还要几千块，而且，还不一定办得下来。我一听他这话，眼泪就流下来了。我心里知道，我又上当了。我知道这些律师都是骗子。我很可惜我那五百块钱。我那时候在医院上一个月的班才有三百块，好累啊，他们一句话就骗走了我差不多两个月的工资。

我就想，我哪个也不指望了，我自己去找他们公司领导。我就去敲凯里运输公司的门，找到了他们单位，看到有几个人在办公室里，我就问他们哪个是领导。他们就问，你有什么事情？我就说，我嫂子也出院了，我哥哥在医院护理我嫂子有差不多两年时间了,你们公司一分钱不给他,你看他都生病了,你们原来答应要给他补助生活费的,现在有人管这个事情吗?那几个人说,好的好的,这个事情我们会给领导反映的。他们就这样两句话把我打发出来了。我走在路上,眼泪就一直在流。回到家来,我也不敢告诉哥哥我请了律师被骗的事情,否则他会更加难过的。我就在家住了一晚,第二天又回到贵阳医院上班。

然后我又遇到了那个王医生。她就问我情况怎么样,我就把所有的事情都告诉她了。她就说,哎呀,我忘记提醒你了,那个路费钱你先不慌[1]给他,你应该等他把事情办了再给他,你现在要他退钱是不好退了。我说,这个事情就算了,我也的确是没有经验。然后王医生又对我说,小李,现在打官司

---

1 不慌,西南地区汉语方言,不着急的意思。

有一种是不要钱的，你们县里应该有，你去问问你们县里的法院，有一种律师是专门给没有钱的人打官司的，他们不收费的，你叫你哥嫂去问一下嘛。我说，有这样的事吗王医生？那我就去问一下吧。

我下班的时候就给嫂子打了一个电话，叫她去县法院问一下有没有那种可以帮穷人打官司不要钱的律师。我嫂子就说，好的，我明天就去问。结果我嫂子还真的问到了，说有这样的律师。那个律师五十多岁，人很好，我嫂子就把全部情况跟他讲了，他就答应帮我嫂子打官司。而且，他还叫我嫂子把所有的发票都拿去复印了一份交给他。

然后官司就打下来了。我哥哥和嫂子得到了一万八千元的生活补助费。哥哥和嫂子都很感谢那个律师。我就跟哥哥和嫂子说，那我们还是得拿点跑路费给那个律师吧？哥哥和嫂子说，我们跟他说了，他不要。我就说，那我们打点新米送给他吧。

哥哥和嫂子都说好。我们就打了一挑新米送给那律师。

　　嫂子的事情到这里就结束了，但我哥哥的麻烦又开始了。

　　为了照顾嫂子，我哥哥省吃俭用，又长时间在医院搞护理，他的身体就垮下来了。刚开始，我们都以为他是缺乏运动造成的虚弱。但后来他回到家了，也一直不见好转，我们就叫他去医院检查看看。那时候我还在妇幼保健院上班，我就带哥哥去抽血化验。我们上午去化验，到下午结果就出来了。我把化验单拿给我们主任看，他就说，你这个主要是肾功能不好，得到省人民医院去看看才行，这个病我们这里搞不好的。我说，好的主任，谢谢你。然后我从医院里出来，眼泪水就一直在淌。我想我们家到底是怎么啦？为什么总是不好啊？不是这样不好就是那样不好。老天爷难道你没长眼睛吗？我们都是很老实善良的人啊,我们什么坏事也没有做啊!

第二天我就带哥哥到省人民医院去挂了个专家号,又去抽血化验。哥哥还问我,昨天才抽血,今天怎么还要抽血啊?我就说,你来都来了,就多看几家嘛,这样放心点。

等了一个下午,我们才得到化验结果。我把化验单拿去找那个专家医生看,他就问我,病人是你什么人?我就说,是我哥哥。他就说,你哥哥的这个病是尿毒症,很严重了,我实话对你说,这个病基本上是治不好的,目前如果每个星期给他做一次血液透析,他会感觉舒服一点。医生又说,他这个病你现在还不能告诉他。我说好的。我又问,那做血液透析的话,需要多少钱啊医生?医生说,第一次需要一千多,以后会慢慢减少一点。我心里想,这么贵,我们家去哪里找钱来治病啊?

我就出来跟哥哥说，医生说了，你的肾不好，需要开点药回去吃，慢慢就会好起来的。其实医生是要求我们住院的，但我们没有准备好钱，我就叫医生开了一个单子的药给我。我去取药，花去了一千五百多元。这些药费都是我自己直接开支出去的，是没有地方报销的。

开了药，我就把哥哥送到汽车站，让他回老家去吃药。当我离开他的时候，我的眼泪又流下来了。因为只有我知道，我的哥哥得的病是治不好的，他离开我们只是迟早的事情。想到我以后再也看不见哥哥了，我心里就很难过。我说过了，我们的妈妈死得早，爸爸后来娶了后妈，对我们不好，我们那时候都胆子小，不敢反抗后妈，只有我哥哥胆子大，好几回他从学校回来，看到我们都饿着肚皮，没有饭吃，他就踢开了仓门，把家里的腊肉拿出来煮给我们几姊妹吃。后妈回家来，骂他，打他，他也不怕，反而是他对后妈说，你要再欺负我的妹妹，我以后要打死你。虽然那时候他年纪也还小，但他毕竟是个男人，后妈还是怕他的。

当天哥哥就到家了。他到家我才放心。吃了两个星期的药，我打电话问哥哥，身体好点没有？哥哥说，好点了，身体没有什么不舒服的。我就说，那就好。我又问，你的药吃完了没有？他说吃完了，还差一种药没吃完。我就说，那你吃完了就上来吧，我们再去医院开点药吃。那个时候，说实话，我心里很难过。一方面，我知道那些药都是不能治本的，只能是缓解哥哥的病情，因为医生已经说得很清楚了，他得的这个病，就是有钱人也治不好，何况我们没钱；另一方面，我明知道这些药没有用，但我还是要去开给哥哥。我哥哥因为照顾嫂子两年时间，身上已经没有一分钱了，检查和开药，都是我去付钱。但是，每次付钱，都是上千元啊，药价太贵了，像我这样靠打工赚钱的人,又哪里能承担得起那么多的费用呢?我那个时候的工资,每月才有三百元,我给哥哥开两次药,就等于要了我一年的工资,所以我心里难过死了。

我就到处跟人打听,哪里有治疗尿毒症的好医生和好药。我们单位的一个老师就对我说,大营坡那边有一个退休的老医生,专门治这种病的,听说治好蛮多人。我说是吗?那太好了。我就跟她要了那医生的电话,然后打电话去问那医生,像我哥哥这种情况,还能不能治好?那医生就说,哦,这种情况是可以治好的,你带他来嘛。我就打电话叫我哥上来。

第二天我们就打车去大营坡找到了那医生。那医生开的是一个小门诊。他就说,你哥哥这种情况,需要每天都来输液,早上来一次,下午来一次。那时候我要上班,没时间送哥哥过来。我就想了个办法，每天凌晨5点钟就起来把医院的卫生全部搞好了，然后到早上7点钟，我就带我哥哥去大营坡打吊针。我们为了节约钱，就走路去。从我们住的地方到大营坡，大概有十多里路，我们走一个小时就到了。

　　走到半路的时候，我就看见路边有一家牛肉粉馆，吃的人很多，我知道我哥哥是最喜欢吃牛肉粉的，我就说，哥哥，你不是最喜欢吃牛肉粉吗？我给你买一碗牛肉粉吃吧？我哥哥说，这个应该很贵吧，我们去买馒头吃算了。我就说，没关系，我有钱，我买给你吃。那时候的牛肉粉才五元一碗，现在已经涨到十多块了。但以那个时候的物价来讲，这个价格也的确是贵的。我就买给哥哥吃，我自己不吃。我们以后每天经过这里，我都买一碗牛肉粉给哥哥吃，而且，我还给他加了肉。然后，我在一边看着他吃，边看边流泪。

吃完粉，我就带哥哥去那个小门诊输液。然后我又走回医院上班。到下午5点半钟，我下班了，又带哥哥去输液。

就这样一连输了四天液，到第五天，我就问哥哥好点没有，哥哥说，跟在家里差不多。我心里就明白了，这个医生也是个骗子，他根本就治不好这种病。所以我心里面就在打鼓，我就想，还要不要再去输液呢？我又想，也许到第五天就会好起来呢？于是我又带哥哥去输液。

到中午的时候，哥哥输液回来了，我也下班了，我就给他煮饭吃。然后我就看见哥哥的手是抖的。我就问他，你怎么啦？是不是不舒服？哥哥说，我是有点不舒服。我就赶紧打的把哥哥送到输液的地方，那医生给他量血压。医生说，血压200，他的血压太高了，所以他不舒服，要马上输液给他降压。我就看着医生给哥哥输液降压。大概输液半个小时后，哥哥的血压降下来了，他自己也觉得舒服了一些。我就对医生说，我哥哥这个情况，我们明天就不来输液了，我还是去医院开点药给他回家去吃吧。那个医生也说，血压高是很危险的，你给他保守治疗也是对的。我就去结账，一共是五百八十多元。

回家的路上，我就对哥哥说，哥哥，上次我在省人民医院听那医生说，你的两个肾都不好，我就想，我的两个肾都是好的，我想能不能分一个给你啊？不晓得医院会不会同意啊？如果医院同意，我就分一个给你，因为我想好了，有哥哥才有家，有你在，我们以后回家随时都能看到你，那多好啊……我就看到哥哥在掉眼泪。哥哥说，不可以，你有孩子，有家，我怎么可能要你的肾。等一会儿，哥哥又说，我们妈妈死得早，我是大的，本来应该是我来照顾你们的，没想到现在反而是你们来照顾我，我已经很感谢你了妹妹，你太辛苦了，我的好妹妹……听了哥哥的话，我就好想大声哭一场，但我怕哥哥伤心，对他的病不利，我就忍住了。我就说，哥哥，你安心养病吧，现在医疗条件好，这个病是可以治疗的，我们慢慢来。

我们就到了省人民医院去找原来的医生开药。那医生就说，你哥哥还不来住院吗？我就掉眼泪跟医生说，医生，我们家没有钱住院，我们想来开点药回去吃，像上次那样，也还是有效果的。医生就摇头说，那我们也没办法。我就问医生，我说医生，我想把我的一个肾给我哥哥，可以吗？医生就说，如果你们是亲兄妹，那是可以的，但是这个也要钱啊妹妹，你以为那么简单啊，你要换肾，我们这里是做不了这个手术的，要到重庆去做。我就问做这个手术大概需要多少钱，医生说，二十万以上。我听了，就只能掉眼泪。

然后我又给哥哥开了一千五百多块钱的药拿回

来。我又送哥哥到车站。分别的时候，我又塞了几百块钱在他荷包里。因为我想，一个病人，他身上一点钱没有，心里是慌的。说实话，我的心是很软的，我把全部的心思都放在哥哥这边来了，我家那边的两个女儿，还有女儿的爸爸，我都没有时间去照顾。我哥哥来贵阳几次所花的费用，全部都是我出，加起来也有四五千块吧，但这个钱到现在为止，也只有我和哥哥知道，其他人都不知道。

哥哥回去二十多天后，他没给我打电话，我也不知道他的情况怎么样了。我就打电话给哥哥，但接电话的是嫂子，不是哥哥。我就问她，我哥哥的病怎么样了？嫂子就说，看样子是很老火了，他的手和脚都是肿的，我们也不知道怎么办，就随他了。听嫂子这样说，我就很灰心了，我知道哥哥已经活不了多久了，我得去见他最后一面。第二天，我就到科室去请假。我说我要请一个星期的假去服侍我哥哥。科室主任说，这个不行，时间太长了，我们这边招不到人来接替你的工作。我就大声说，随便你们，反正我必须回去，你们如果不同意，我就不要这份工作了。当时主任看到我这样子，就批准了。

当天我坐汽车赶到老家。到家的时候都是下午6点钟了，天都快黑了。我一进家，就看到我哥哥坐在那个椅子上，头发长长的，脸是浮肿的，身上也是浮肿的，走不了路，衣服也是脏兮兮的，我就大哭起来，我说可怜你哥哥，没有人管你，你衣服上都是鼻血，怎么就没有人给你换一下嘛……当时我三叔家有两个儿子在凯里工作，我就打电话给他们，我说你们能不能从凯里打一个出租车来家接我哥哥去凯里住院啊？他快不行了。那两个弟弟说，好的，我们就来。我就和我侄儿在家里等他们。等了一个小时他们就到了。侄儿那时候才十二岁，背不动他爸爸，我就去背我哥哥。其实我也背不动哥哥。我拼尽全部的力气去背,又叫我侄儿在后面帮忙扶一下哥哥的脚,我们就上了出租车。哥哥就全身靠在我身上。一个小时我们就到了凯里。我们直接去州医院。那时候已经是晚上10点钟了。急诊科的医生就说,这个病人的情况很老火了,我们需要马上给他做透析,你们谁是家属?我说我是,医生就说,请你马上去交钱。我就问需要交多少钱,医生说,先交五千吧。然后我就去收费处交钱。我跟收费的医生说,我身上只有六百元现金,先交那么多,明天我再去银行取钱来交可以不?医生说,可以的。我心里真是又慌又怕,因为我担心哥哥死在这里,我一个人怎么办呀!

急诊科的医生问我交钱了没有,我说我交了六百元,然后剩下的明天早上再去交,因为我没有带那么多现金。医生说,可以的。他们就把我哥哥推进去做透析。但是,因为我哥哥的身上到处都是浮肿的,打针打不进去,打了很久也打不进去,而且痛得哥哥大哭起来,我也跟着哥哥哭起来。医生就说,你不要哭了,我们打进去了。开始医生以为我和哥哥是一家人,后来听哥哥喊我妹妹,他们就问我,你们是兄妹?不是夫妻?我说是的,我们是兄妹,我嫂子脚不好,没能来照顾我哥,家里爸爸年纪大了,侄儿年纪又小,没有其他人来照顾他,只能是我来照顾他了。医生就夸奖我是个好人。

当天晚上透析完了,哥哥就感觉好多了,他看上去就像一个好人一样。哥哥就说,谢谢你妹妹,没有你我早死了。我就掉眼泪,说只要你能好起来,我做什么都愿意呀哥哥,但是我没有能力,我帮不了你什么……我就在医院里照顾了哥哥十天。十天之后,他就恢复得差不多了,看上去像没生病一样。我就去问医生,我哥哥是不是好了?医生就告诉我,你哥哥必须每个星期都要来医院透析一次。这下我又为难了。一来我们的经济情况不允许,这一次我又花去了三千多元,我身上所有的钱都用完了,家里也没有了;二来如果哥哥长期需要人照顾,那谁来照顾?

到第十四天的时候,我就跟我哥哥说,哥哥我要回家去一趟,我的两个姑娘都没有人管,我要回家去看一眼,我打电话叫大姐来照顾你吧。哥哥说,好的,你去吧,你都出来两个星期了,我真的很对不住你……我打电话给我大姐,她也同意来照顾我哥哥。这样我就回贵阳去了。

两个月之后,我嫂子又打电话给我,说,你哥哥又严重了,你看还要不要送他去医院?那个时候,我就说,不要送了,哥哥这个病是治不好的,我们也没有钱给他治疗了……挂了电话,我就大哭起来,我真的恨我太无能,没有办法救我哥哥的命。

我哥哥是 2004 年 4 月 14 日下午 6 点在家里去

世的。那时候，我爸爸、我姐姐和姐夫，还有哥哥的儿子，都在他身边守着他，等他落气。那时候我在贵阳上班，接到家里的电话我就哭得什么都不想做，同事就劝我，说小李，你别难过了，你为你哥哥已经做得太多了，他现在走了也是一种解脱……第二天我就坐汽车赶回老家雷山参加我哥哥的葬礼。我们三姊妹每个人又分别花了三千五百多元，按照当地的风俗，以最隆重的待遇，安葬了我哥哥。而且，因为我嫂子那时候还年轻，才四十五岁，我们担心嫂子会因为经济困难而改嫁，我们三姊妹就商量，每个人每月拿出三百元资助我嫂子，请求她不要改嫁，要她无论如何也要把我哥哥留下的两个未成年的孩子抚养大。我嫂子同意，至今未嫁，她的两个孩子现在都长大了，也都分别成家有孩子了。

　　说了我哥哥，现在来说说我们家老赵吧。老赵也是生病去世的。跟我哥哥一样，他的病也是绝症。

这是我们一家人都万万没有料到的，因为老赵平时身体还蛮好。他也是干体力活的人，平时很少生病，甚至连感冒都少有。

我说过，我们家老赵很早就退休了——当然，他不是正常的退休，他是"内退"，就是因为单位效益不好，他没有工作岗位了，就被迫"退休"了。他退休的时候，大女儿还在读高中，那一年，老赵才五十五岁。那时候他拿的是一千八百多元的退休工资，他自己感觉身体还蛮好，就到贵阳一家酒店来应聘当保安。我也跟姨妈们一起租了房子，大女儿也在贵阳读高中，老赵就经常过来跟我们一起煮饭吃，所以那个时候我们家就像是搬到贵阳去了一样。

老赵跟我一样，也是来自老家的农村人，他平时除了爱喝两口酒，也没有什么特别的爱好和消费。他的工资是由我保管的，用钱都要经过我。我也很给老赵面子，他需要招待朋友的时候，我从来没有少给他钱。他爱喝酒，我就每餐饭都给他炒一两个下酒的小菜，花生米更是少不了的。老赵就跟我说，你买那花生米贵得很，你就帮我买那个黄豆来就行了。那个时候的黄豆的确要比花生米便宜一点。我就跟他说，想吃什么就买什么啊，那么节约干什么。

那时候我就发现，老赵不光是喜欢吃黄豆，其实他还喜欢吃素菜。这跟他平时的饮食习惯有很大的不同。而且，他的脸色也有点发黄，我就觉得很不对头。我就说，老赵你今天就不要去上班了，你去跟酒店的领班请个假吧，你就说今天我有点不舒服，我跟你请个假，我要去医院看一下。老赵就按照我说的去跟那个领班请假。那个领班还骂老赵，你不要无故请假啊，无故请假我会扣你的钱的。我就说，扣就扣吧，那是没得办法的，我们还是看病要紧吧。

我就带老赵去都司路那边的第二人民医院做了检查，因为那个医院距离我们妇幼保健院很近。老赵和我一起到化验室来请医生帮他抽血化验。结果出来后，我就拿去找化验室的主任看，主任就跟我说，小李，你丈夫肝不好，你还是带他去省人民医院做一个全面的检查吧。

我就说，好的，谢谢你啦主任。我从医生的话中听出来，老赵的病情蛮严重的。我就多问了医生一句，到底是什么情况嘛主任？那主任就说，你们到省人民医院去检查，医生会跟你们说的。然后那主任又跟我说，你别担心，现在这个医疗条件都好得很，你带他去检查，然后看医生是怎么跟你说的。听主任这样一说，我的心都已经凉到了脚板底。

第二天我们就到省人民医院去重新抽血化验，当天下午 5 点多钟我们就拿到结果了。我就拿着检查结果去找医生看。那医生就喊我到门口来说，病人是你家哪个？我跟医生说，他是我的爱人。医生说，你爱人这个病有点老火，他是直肠癌，已经是晚期了，而且转移到肝部这里来啦。

听到医生这样说，我就在医生面前哭着说，医生那我该怎么办呀？那医生就劝我，这个是没有办法的，这种病现在多得很，都是没有办法的。我就哭得更厉害了。那医生就说，你回去的时候，他肯定是要问你是什么病的，你就跟他说，你的肝不太好，都是你以前抽烟喝酒太多了，已经影响你的肝了。

不知道是不是我和医生的谈话被老赵听见了，还是老赵已经感觉到自己病情很严重了，回家的路上，老赵都不说话。我就跟他说，不怕的，我们回家去，到单位开一个证明来，然后我们就来医院住院吧。

我又说，医生跟我说，你的肝有炎症，需要一点时间来消炎，炎症消了，就好了。

　　我和老赵我们两个就这样回家来了。那是2012年的1月份。那时候我们的大女儿也从大学毕业了。她暂时也还没找到工作，我就叫她专门来伺候她爸爸。我已经不跟科室里的那几个姨妈一起租房子住了，我单独在省总工会里面租了一个房子，因为那个房子是我们医院的一个老师多余的房子，她就便宜点租给了我们一家。因为之前我给她做过卫生，她对我印象很好，所以她才以两百元的价格租给我了，这个价格在那个时候来讲是很便宜的。当然这个老师之所以愿意把房子便宜租给我们，一是因为她看到了我们家的困难，另外一个原因是我平时在医院里也很愿意帮她做这样那样的事。而且，作为回报，我后来给她家做卫生时，也没有收她的钱。

　　我就把老赵安顿在我们这个临时的家里，这样就省去了我们来回奔波的辛苦。然后联系了离我们最近的一家医院，带老赵去那里做化疗，做了一个月，我们就带老赵回林东的那个家去了。因为医生交代我们，这是第一个疗程，回家休息一段时间，再来复查，再来看需不需要做第二个疗程。其实我心里很明白，这样的化疗是没有太多作用的，我们只是抱着一种侥幸心理在努力给他治疗而已。同时我们也是在告诉他，我们从来没有放弃治疗，我们不想就这样眼睁睁看着他死去。

　　化疗之后，老赵的病情不仅不见好转，反而有些加剧了。看到这种情况，我就把大女儿和二女儿都叫回家来。有一天晚上，两个女儿就看着她们爸爸的那个脸色很不好看，就问，爸爸你觉得你哪里痛没有？她们爸爸就说，我没有哪里痛啊。我们就吃晚饭。吃完饭，我们三娘母就出去走走。两个女儿都在问我，妈妈我爸爸到底是怎么啦？你带他去医院看了没有嘛？我就实话给两个女儿讲，我已经带你爸爸去省人民医院验查了,得的结果医生说了,你爸爸这个病是直肠癌,而且癌细胞已经转移到肝部去了,变成肝癌了,现在你们爸爸得的已经是晚期了。

  我两个女儿就在外面哭。我就跟她们说,你两个不要哭啦,还有我在的嘛,现在你爸爸还不知道他得的是这种病,因为我带他去省医院检查的时候,那医生喊我出来悄悄跟我说,最好不要让病人知道他的病情,因为知道了他的心理压力就大了,所以我一直没有告诉他病情,只说是他喝酒多了影响到了肝部,所以你们也不要让他知道自己的病情,同时你们两个回家的时候,你们自己也要放轻松一点,别紧张兮兮地去问他这样那样,回去你们两个就说,爸爸你的病情妈妈都把医生诊断的结果告诉我们了,医生说你就是肝不好,可能是你年轻的时候爱抽烟和喝酒多导致的,现在把烟酒戒掉就好了……两个女儿很听话，回去就这样跟她们爸爸说了，她们还说，爸爸你就安心养病吧，有妈妈和我们照顾你，加上现在医疗技术那么发达，你会好起来的。老赵那个时候虽然没有多少力气，但听了两个女儿的话，他的脸上还是有笑容的。

看到女儿跟老赵这样说话，我就一个人跑到外面很远的公路上去大哭起来。那时候我就对着老天大声地哭，大声地说，老天爷啊，为什么我的命那么苦啊，我是这样一个老实本分的人，为什么你要这样惩罚我啊！为什么要让我一辈子都没有好日子过啊！

那时候我在想，我的生活苦点真无所谓，但是影响到我的两个女儿了，她们没有爸爸真的太可怜了！回到家，我听到老赵跟两个女儿说，不知道我的这个病还能治得好不？你妈妈把你们都喊回来了，是不是我这个病没法治了啊？我大女儿就说，不是这样的爸爸,我是大学毕业了,暂时没有找到工作,我就先回家来了,哪个想到刚好遇到你生病了,我正好可以来照顾你。

有一天老赵就说人很不舒服,我就和两个女儿一起带老赵去肿瘤医院住院。当时老赵就说,怎么要我到这个肿瘤医院来住院呢?大姑娘就说,爸爸,这个医院是可以治疗肝病的,而且是很有名的。那时候我就看到老赵的嘴角开始流口水了,我长期在医院工作,知道这个情况很不好。我就去给老赵交钱住院,然后我们在那个医院住了两个多月。

我既要在医院上班,还要照顾老赵,再加上还要做六家人的卫生,那时候我真的都快累死了。幸好有我的大女儿来帮我照顾她的爸爸,如果没得大女儿在家的话,我就什么都做不成了。我看女儿在医院照顾她爸爸时间长了,我心里面也很过意不去,就决定到第二个月就把那四家的卫生全部辞掉。

然后我就只在医院上班,下班后就去和女儿一起照顾她爸爸。后来看到她爸爸越来越不行了,我就跟两个女儿说,要不我们还是出院回家吧?我的意思是,我们当时刚刚分到一套新的房子,而且是才装修好的房子,她们的爸爸都还没有在里面住过呢,所以,那时候我就想,要不要带他回去住呢?我的想法很简单,就是我知道老赵得这个病肯定跟我们在一起的时间不长了,我们带他回家去住,他的灵魂以后就还会在那个家里,所以我就对孩子们说,我们还是带他出院回家去吧。

我的两个女儿也同意了。我们就开始着手把老赵带回林东的新家去。那时候我心里是很难过的,因为在医院吧,虽然我们也知道没有希望,但只要离开医院,老赵就彻底没希望了,这样想起来,我的眼泪又掉下来了。

现在回想起来,觉得我家老赵也是很苦的,他也是一辈子都没有过上几天好日子，我们刚刚把三个女儿养大，本来应该是到了可以享点女儿福气的时候了，没想到他却又病倒了。他跟着我辛辛苦苦把几个女儿拉扯大，日子刚开始轻松了一点，他又得了这个病，我真的为他感到遗憾和难过。所以，现在我想带他回到我们的新家去住，除了有我们老家那边的风俗讲究外，我也是想让他好歹住上一回我们的新房子。

我知道带老赵回家去照顾，应该不是一天两天的事情，所以我就给医院打了辞职报告。我就请我的大女儿帮我写这个辞职报告。到第二天我去上班的时候，就拿去交给我们医院的科室主任和护士长。我就跟主任和护士长说，我要辞职回家照顾我家老赵去了，主任谢谢你，那么多年来都在照顾我。那主任就说，好的，小李，你们带他回家就好好地照顾他吧，这是没得办法的事情，如果你有时间啦，还想到我们的科室这里来上班的时候，你再回来嘛，我们都欢迎你的。

那时候我的眼泪就包不住了。我就哭。主任就说，小李你不要哭了，现在你们家就是靠你了，还有你的两个女儿，她们都还是要依靠你啊。我只能说，是的主任，谢谢你们大家对我的关心。那主任就说，你和两个女儿带老赵回去后，你们要把心态放好点，要想得开点，反正他和你们住的时间也不长啦，你们就好好地照顾他，就随便他吧，得了这病是没得办法的。我就哭着说，好的，谢谢主任和护士长，你们都是很关心我的，我知道的。我就从科室出来了，主任和护士长他们就给了我一个红包，回家来打开来看，红包里面包的有一千块钱。

到第二天，我和大女儿去肿瘤医院把出院手续办好，然后我们去找管床医生，我说医生，我们要带他出院回家了，麻烦你帮我们开点药，我们拿回去给他吃就行了。那医生就说好的,如果你们要出院回家,那我就帮你们开点消炎和止痛的药,再开点化疗的药,你们回家的时候就按时给他吃。医生交代我说,化疗的和止痛的药每一天都要按时给他吃。我就说,好的医生,谢谢你了医生。

医生就开单子给我去拿药。那时候我去拿药就是几千块钱。我就打开那盒化疗的药来看,里面才有十颗药就花了三千多块钱,我心里真的太痛恨这个病魔了。那时候老赵住院是有医保卡的,但是,贵的药和新的药都是自己付钱,有卡也没有用。我就拿给两个女儿看,她们两个就说,是的妈妈,因为这个药是专门治疗癌症的,所以就很贵。

我们什么东西都准备好了,就带着老赵去林东矿务局长城小区我们的新家。我对老赵说,老赵,我们回家去啦,林东矿务局的家才是你的家,你上班几十年才得新房子住,可怜你啊!那时候有很多朋友关心我们，有一个朋友就直接开车来帮我们拿东西回家。

从12月份我家老赵查出这个病来，到我们把老赵拉回林东的家，我们已经在医院住了三个多月的院了。幸好那时候我的大女儿已经大学毕业了，有她跟我一起照顾老赵。不然我一个人的话，真是照顾不过来。

回到家之后，我们就请了一个看中医的医生给老赵看病。那医生也是一个朋友介绍的，朋友说那个看中医的医生之前已经看好了好多个癌症病人的病，问我们要不要也找这个中医看一下。我和大女儿商量一下就说，好吧，那就试试看吧。那医生就来给老赵看病。他就给老赵摸了摸脉，然后给老赵几包草药，他说这些药都是自己亲自在山上挖来的，吃了病就会慢慢好起来。我就问他这些要多少钱，他就说，因为是熟人介绍的，那就按照便宜的价格给你，你先给三千块吧，以后每个星期一我再给他送药过来。我就说，那好嘛，那你就每个星期一把药送过来就行啦。然后那医生就每到星期一都送药过来。医生来的时候，就要吃一顿饭，我还要买十块钱一包的烟送给他。但是那中药没有一点作用。老赵是不吃药也痛，吃药也痛。

看到老赵的病一天比一天严重，说实话，我心里反而是巴不得老赵早点死了才好，因为他痛起来的样子真的是太吓人了。而且，痛得厉害的时候他还会骂人。关键的问题是，我们都知道他这个病是没法治了。但是，一想到老赵要离开我们，我心里又很难受，因为他要是死了，我们就永远也见不到他了。所以那个时候我心里就在想，现在是我和老赵在一起的最后的时间了，我就好好地珍惜每一分每一秒吧，所以无论他怎么骂我，我都要忍着，我一定要耐心地伺候他，尽我做妻子的责任。

我想到老赵来到这世界上也是很不容易的，他的命也跟我一样不好。他是从小就没有爸爸的，他们也有四个兄妹，他八岁的时候爸爸就过世了，都是他妈妈一个人带他们长大的……想到这些我心里就很难过，老赵醒着的时候我就尽量陪他说话，他睡着的时候我就悄悄掉眼泪。

从医院回家后，我从来没有睡过觉，因为他每天晚上都喊痛，我想在床边躺一下都不行，因为他痛得没法睡觉，他也不让我睡。他白天晚上都喊我帮他揉那个肚皮。因为他得的这个病是肝癌，所以他的肚皮后来变大变宽了。

那时候都是我一个人来照顾他，因为大女儿已经在我们冒沙井附近的一家幼儿园上班去了。大女儿说，你没有工作，爸爸又生病，妹妹又还在读书，家里没有一点收入是不行的。她就跟我商量，她想在附近找一个工作做。她看到附近有幼儿园在招老师，她就去应聘。她被聘上了。她说一个月有六百元。我也同意了。大女儿就白天去上班，晚上回家来跟我一起伺候她爸爸。

那时候我真的白天晚上都没睡过觉，瞌睡来了，实在撑不住了，我也只能坐在床边眯一下。有时候我刚迷糊一下，老赵就喊了，我就去帮他揉肚子，给他喂药。我真的是太辛苦啦。就那几个月，我都瘦了二十多斤。老赵也瘦了。老赵刚开始生病的时候，因为他个子高，体重也重，有一百八十多斤，他躺在床上我一个人拉都拉不动，他要上厕所的时候，都是大女儿和我一起把他拉到厕所去的。但到最后那两个月他体重越来越轻，轻得我一个人就可以抱起他上厕所了。因为他吃不下东西，就很快瘦下来。我看到他身上全部都是骨头了，肉都没有啦。看他躺在床上的样子我都有点害怕，就在心里对自己说，不要怕，都是自家的人，他又不是鬼，不要怕。但很多时候我都是一个人陪他在床上，没有别的人陪着，我还真的是害怕。

老赵生病的时候真是太啰唆了。一到晚上，他就总说这里也痛，那里也不舒服，反正是让人没法睡觉。有时候我撑不起了，就在床的边边上躺一下，他看见我在躺起了，他又喊我，说他肚子痛，叫我给他按摩一下，好像是故意折磨我似的。我也只能听他的，没办法。有时候他还生气，然后就骂我那也不是这也不是，当时我在想，你是病糊涂了吗？我这么耐烦服侍你，你还把我骂成这样？但我想，他是病人，就算了吧，我没有还他一句嘴。我心里也在想，你想骂你就骂吧，我不和你计较，随你骂吧。特别是喂他吃饭的时候，他就用眼睛恨我，他就拿他那个凶狠的眼神来看我，他说我不吃。我就说，你多少吃点吧，你要吃了才能好起来。他就说，我快要死了，我死了你好改嫁别人。我就只能悄悄掉眼泪。

后来，我打电话叫我爸爸过来帮我一点。那个时候，我爸爸已经有八十岁了。如果不是这个事情，我不会再叫他出门了。但爸爸就是爸爸，他听说老赵病得快要死了，担心我们几娘母害怕，他就从老家赶来陪我们一起住。有爸爸在，我心里踏实了很多。老赵也不敢那么骂我了。

2012年的7月份，是老赵在这人世上的最后一个月啦，那时他就起不来了，话也说不出来了，大小便也管不住了。我就跟大女儿说，你那个幼儿园的班，今天就不要去了，你就把这个工作辞掉了吧，你爸爸可能活不过这个星期了。大女儿就说，好的妈妈，那今天我去跟领导说一下，喊他们把这个月的工资给我就行了。

那时候都是我一个人来照顾老赵的，白天晚上他都是一下说要喝水一下又说要吃饭，但等我拿饭来他又说不吃了。那时候我真的是一点办法也没有啊。

我记得是7月10号左右，我喂他饭他都不吃一口啦，只能喝水，然后接下来的几天他都吃不下饭了，水都很少喝。到7月14号的那天，我就跟我爸爸说，他已经有五天不吃饭啦。爸爸就跟我说，有可能他今晚上要走，今天你就去喊我们的两个老乡来，还有一个专门给死人穿衣服的师傅也喊来。那天晚上，我就去喊了那三个老乡来。他们三个人都到我们家来吃饭。把饭吃完后，我们就坐在屋里面守着他。老赵已经有好几天没吃饭了，那天晚上他突然叫我去喂他吃饭，我就去喂他吃了半碗饭。当时我就哭起来说，老赵你在我还有点生活费，你以后不在了，我不知道我该怎么活啊。老赵就掉眼泪，他说，你还有我们两个女儿啊，她们会管你的啊……那时候我只有不停地流眼泪。

到半夜快零点了，我看他脖子里面还是有呼吸的，当时我问他，老赵你喝水不？他说要喝点。我就倒一杯水给他喝。我爸爸和两个女儿还有三个老乡都在家里守着他，我就在床边坐起陪他。我在床边靠了一下，大概是迷糊了一下下，醒来看到老赵头歪在一边，我吓了一大跳，就马上起来喊他，我说老赵你要喝水不？见他没反应我又拿手去摸他的脉搏，发现他已经没有气了。

我赶快出来跟那几个老乡说，老赵可能已经走了。我的两个女儿听说她们爸爸已经不在了，走了，就哭喊起来。我的脑子一片空白，只能坐在沙发上看几个老乡和师傅操办后事。我的两个女儿和几个老乡就给老赵穿好衣服，还理了头发。全部整理好之后就到凌晨 3 点啦，然后老乡们就把他拉到殡仪馆去放好。

我跟两个女儿说，你们打电话去通知老家那几个哥和你们家的叔叔,你就说叔叔,我家爸爸昨天已经过世啦,如果你们有时间,就来看他一眼吧。她们就打电话去了。

那时候老赵他们单位上的老乡还是有蛮多的,也因为老赵这个人平时比较喜欢喝酒和抽烟,所以那些同事也好老乡也好,只要来到我们家他都是一样热情招待,所以当大家听说老赵走了,就有蛮多老乡和同事来吊唁。

我们老家的亲戚朋友也来了十多个人,老家的那个侄儿子就来问我,伯妈,我伯伯的骨灰是拿到老家去放,还是放在这里?我就说,那我还不知道呢,我要问一下小菊和小芝她们的想法。两个女儿就跟她们的两个哥哥说,我爸爸到这里来工作几十年了,我们还是去给他买一块墓地,把他放在这里吧,这样我们随时都可以去看他,如果拿到老家去,那我们可能没有那么多时间去看他,路太远啦。那几个哥哥就说好,那就随便你们两姊妹,你们说得也有道理。

到第三天的早上,老赵就被火化了。当天大女儿也在清镇这边买到了墓地。我问大女儿那墓地花了好多钱?大女儿说,全部搞下来就是一万八千六百块钱。我就说,买到就好。当天她们就把老赵的骨灰直接拿到清镇那边去全部弄完。

第八章
给富婆当保姆

我们把老赵的事情全都处理完之后,就到 7 月底来了,当时我就在家里面休息了几天。回想起这半年来的劳累和委屈,我内心还是不能平静,很多时候,我还是一个人在悄悄流泪。我不知道我的命为什么那么苦。难道真的是像老人说的,我是前辈子欠了谁的债,这辈子是专门来还债的吗?

到 8 月份的时候,大女儿问我,妈妈你想出去哪里玩不嘛?我就说,你要带我去哪里玩嘛?要不你带我去安徽你小姨家去玩几天可以不嘛?大女儿就说，可以啊，那明天我们就走。

我有个姐姐，还有个妹妹。姐姐嫁在老家本地，妹妹却嫁到很远的安徽农村。因为我们的妈妈死得早，我妹妹从小就把我当妈妈，所以我们感情一直都很好。老赵去世之后，我在家无所事事，大女儿就安排我到安徽我妹妹那里玩了十多天。在那十多天的时间里，我和我妹妹谈了很多的话，在她的耐心开导下，我渐渐恢复了对生活的信心，然后我决定返回贵阳，开始新的生活。

从安徽回到贵阳后，我又休息了几天，虽然对于老赵的突然离开稍微习惯了一点，但我内心还是感到很伤心难过，我还是时时在想着，我的命，究竟为什么那么差？为什么我遇到的事情总是不好的？为什么我那么勤劳，那么善良，还是没有一个好的结果？

时间一晃眼就快到 9 月份啦。一天，我接到一个老朋友的电话。这个朋友是我之前在医院上班的时候认识的,是个女的,叫程丽[1]。我还在妇幼保健院科室上班的时候,她来医院住院。那时候我在重症室做护工,就是专门帮病人拿药和铺床的,然后等病人出院了我就去换被子。有一天这个叫程丽的女人来住院,她问我,大姐,你能不能找一个人来照顾我三天啊,我开工资给她,三十块钱一天,你帮我找一个人嘛。我就跟她说,现在你要我去找一个人照顾你,我去哪里找?那就这样嘛,你需要什么?我来帮你吧,我不要你的一分钱。她说,你来帮我,当然最好了,只怕你上班忙,没时间。我说,我们上班也不是很忙的。我就边上班边帮助她。其实也没什么大事,就是打点饭给她吃,还要帮她倒尿,帮她打开水,帮她洗脸刷牙……到了第三天,

---

[1] 程丽为化名。

她就能起床自己照顾自己了。当时这个朋友就说我，大姐你太好了，谢谢你帮了我那么多的忙。我就笑着对她说，不用谢啊，只要你能早点康复就好啊。

那时候这个叫程丽的女人就认可我是她的好朋友了，然后她跟我讲，她是做生意的。她住了一个星期的院，出院的时候，拿了一百块钱给我，我没要。我跟她说，我说帮你就是帮你啊，不会要你一分钱的。程丽就说，好好，那就谢谢你这个姐姐哦。她走的时候，给我留了一个电话号码，她说，过两天她会来请我去给她家打扫卫生。

程丽那次到我们医院住院，其实是来做人流手术。那时候她刚跟自己的老公离婚，肚子里的孩子就不想要了。后来她又结了婚。而这天她给我打电话来的时候，她说她又怀上孩子了，而且，也快要生了。所以她在电话里问我："李姐我快生小孩啦，你愿意辞去你的工作来帮我带小孩吗？"我就跟她说，我早都辞职回家来啦，因为我家老赵生病，我早都回家来啦。她还问我，那你回家来他好点没有？我就说，他都已经不在人世了，都得二十多天了。程丽就说，那你为什么不跟我说一声嘛李姐，你跟我说一声我也过去看看你们啊。我就说，哎呀，这个不是什么好事，我就没有跟你说啦。然后程丽就说，那你就过来嘛李姐，来我家这里帮做饭和搞卫生，我开工资给你跟医院一样的钱，你看可以吗？

我记得当时没有马上回答她的话。怎么说呢？从现实来讲，我很需要一份工作。但从我内心来讲，我却不大喜欢去给有钱人做事。因为在他们面前，我们这样的人就活得太卑微太不值得了。

见我没有立即答复，程丽又说，现在都到9月份了，你的两个女儿不是都要去上学吗？那你一个人在家干吗？一个人在家东想西想的搞哪样嘛？李姐,明天就是9月1号,你就来帮我做饭好不好?

我就答应她说,好的,我明天就过来。我也在想,是的,我小的女儿还要上学,她明天也要去学校了,大的女儿也出去找工作啦,真的,到明天就只剩下我一个人在家了,想起来我还是有点怕老赵的那样子,所以我想去想来,还是决定早点去那朋友家吧。

然后我就去了程丽家。那时候她还没生小孩,我就帮她做饭、买菜和搞卫生。当时她就开我三千块钱一个月的工资。

那时候程丽已经四十二岁了,算是高龄产妇。说实话,她找我来给她服务,真是有运气和福气,因为我在妇幼保健院工作了十多年,我对孕产妇的护理是很有经验的。俗话说,没吃过猪肉,也见过猪跑,我在妇幼保健院这十多年,不仅见过的事情多,而且,事实上我都已经学会了很多医药和护理知识——我这样说吧,很多时候,有些医生临时有点什么事,她们都会叫我暂时顶一下班,除了不会开处方,一般的局面我都能应付得过来。

程丽家的房子是复式楼,面积很大,搞起卫生来是很麻烦的。她做什么生意我并不清楚,但看上去她很有钱,也可能是她之前的男人留给她的?我不知道,我只知道她之前的男人被判刑了,她就跟那男人离了婚,而且,也没有要那男人的孩子。她现在另外找了一个男人,但这男人是干什么的?我不知道。我也不想知道。

我就问她孩子还有好久[1]才到时间生?她跟我说,她是1月8号的预产期。我就说,那就快了。她的孩子果真是1月8号生的。生的是一个大胖儿子。我看她也是高兴得不得了。她一家老小都很高

---

[1] 好久,西南地区汉语方言,多久的意思。

兴。然后从她在医院生孩子的那一天起，我就在医院照顾她和小孩。我在医院住了一个星期，然后我们就出院回到她家来了。

她一个人坐月子吃的东西全部由我来负责，同时我还要带她的儿子，还要搞他们家的卫生，还要照顾她的老公和母亲，关键是他们家客人总是很多，我还要负责给他们这些客人做吃的，那时候我真的很辛苦。但我也没得办法，只能对自己说，要勇敢地活下去。

因为程丽生孩子后没有奶水，所以我们从医院出院回家来之后，孩子都是吃的奶粉，每天晚上我都要起来给他喂奶他才睡觉，一晚上要起来吃两次。所以呢，她的儿子就一直是跟我一起睡的，然后白天我还要做饭给她吃，而她吃东西又很讲究，做起来也很费时间和力气。

她家的这小儿子还算是比较乖的。我弄吃的给他，吃饱了他还是能睡一两个小时。然后，到孩子满月了，她就跟我说，李姐这个月你照顾我家两娘母，你很辛苦啊！我就说没得事啊，只要你们两娘母都好就好啦，我辛苦一点没关系。那时候她每个月就给我加了一千块钱，我一个月就有四千块钱了。

就这样，我在她家做了两年多时间。因为那时候我还有一个小的女儿在上学，每个月还要给她五百块钱的生活费，我自己还要经常送礼，有时候还要回老家帮家里一点，所以就没有存多少钱。但有一天程丽突然问我，李姐你想不想在贵阳买房子？我就笑着说，想啊，但是我哪有钱买啊？她就问我，现在你有好多存款嘛？我就跟她说，现在我才存的有三万多，还不到四万。她就说，如果你想买房子的话，那我就提前借钱给你，然后你就在我家上班，工资每个月倒扣就可以了，你看这样可以不？我说，可以啊。

那天晚上她就说，李姐，那明天我们一起带小孩去花果园看看吧，我听说那边的房子便宜点。然后第二天她就开车带我们一起去花果园看房子。路上她就说，李姐我看你就买一小套吧，这样你就没有太大的经济压力了。我就说，好啊，可以的。

程丽把车子停在花果园的售楼部门口，就有人出来接待我们。当时卖房子的人就问我，阿姨你想买多大的房子嘛？我就想，我是一个人住，买小点的就可以啦。我就问那服务员现在花果园的房子卖好多钱一个平方啊？那服务员就说，阿姨，现在花果园的房价是最便宜的，才卖三千九百八十元一平方米。

程丽就说，李姐，这个价格的确在贵阳不算贵，如果你决定要买的话，那我就借点给你。那时候我就想，我的确应该在贵阳买一套房子，因为我一直在贵阳这边上班，回到冒沙井去总是不方便的，同时，老赵去世之后，那个房子我一个人住着也总是感到害怕，所以我就下决心要买了。

第二天程丽就开车带我去把首付交了。我买的房子是小户型的，只有六十八平方米。首付是八万块钱，我出了四万块钱，程丽帮我出了四万块钱。然后我帮她带孩子十个月不领工资，就等于还完她的钱了。

那时候上班快一年没有领到工资我真的很无奈，虽然吃住在程丽家，但我家里还是有各种各样的开支啊！尤其是跟老乡之间的那种礼尚往来，真的太多了，我简直没办法。不送吧，面子上过不去，送吧，又没有钱。好在这个时候我的大女儿和小女儿都已经工作了，大女儿在北京打工，二女儿也在老家的一个旅游区打工，我就叫她们负责交我们家的房贷和我的养老保险。那个养老保险原来是医院给我交的，我从医院辞职出来后就只能是自己去交了，每个月要交一千多元。有人也劝我说,这个保险是骗人的,你没有必要去交,你想嘛,你现在交那么多,以后他们未必有钱给你养老,就算有,你也不晓得自己能活多久,你要是像老赵这样,活不到60岁,你就一分钱也享受不到。我觉得人家讲这个话是有道理的,所以有好几次我都不想去交了。但是我女儿说,妈妈,你没有工作,养老保险还是要交的,我们来替你交吧。这样,我就叫她们帮我交。一直交到现在,还没有交满十五年,据说要交满十五年才能领取养老金。

我在程丽家的第三年,她就搬到一个别墅去住了。她的那房子实在太大了,从地下室往上数,一共有五层楼。楼层多,面积大,我做起卫生来就更累了。那时候我每一天都在打扫卫生,从早上做到中午才做得完。而且,那时候每天早上我要先送她的小孩去幼儿园,才回来做卫生。做完卫生,又要给他们一家人做饭做菜。程丽和她的男人都是很有钱的人,所以经常带朋友回家来打麻将,吃饭喝酒,我还要给他们做很多的饭菜,还要收拾他们吃剩的东西,那时候我觉得我真的快要累垮了。

我以前刚到她家的时候,就说好我在她家一个星期有一天休息,那一个月就应该有四天休息。我就跟她说,我想连休四天可以不?当时她就说,不行李姐,你想一下,这个小孩从小就跟你睡,那你连休四天,这个小孩就没人带,我又带不了,你叫我咋办嘛?

我觉得她讲来也有道理。我就说,那好吧,那我还是一个星期休一天。其实,我跟她提出连休四天,就是想再去打一份工,这样我才有钱来维持我家里的基本开支,但是,她并不理解我们穷人的这些难处。她不仅不理解我的难处,而且,有一天,她还说,李姐,你看我这孩子也长大了,你也不用像以前那么辛苦了,我给你的工资是不是就减少一千元啊,我这个月就只给你三千元好不嘛?

我就答应她说,可以呀。那时候我嘴巴说可以,但是心里难受一整天。我心里就在想,她这样的想法真的有点过分了,我在你们家都四年啦,我帮你们把这个家打理得这么好,又帮你们把儿子带得那么好,可以说,她那儿子只是她生的,但是怎么长大的,她一点都不知道,她甚至没见过自己的儿子拉屎拉尿……自从他们搬家到别墅后,我的工作量增加了很多,我以为她会给我增加工资呢,没想到她反而要减少,那我也想清楚了,不能在这个家再待下去了。

然后到了快过年的时候,我就跟她提出来,我说,程丽,我要回家去过年了,然后,我过了年就不再来你们家了,你另外找个人来帮你吧。

程丽当时就很惊讶地说,怎么啦李姐,是我哪里对不住你吗？你在我们家那么多年了，你说一句不回来就不回来了，那我咋办？

我就说，我已经把你儿子带大了，你现在应该是很轻松了，但我的两个女儿却没人照顾，她们爸爸去世得早，她们经常回到家来，都是黑灯瞎火的，没一个大人在家，现在她们要是带一个男朋友回家来，家里没一个大人在真的不太好，所以我决定回去帮她们，你这里就另外找一个人来帮你吧。

程丽就说，那你也要等我把人找来了你才走呀。我说，那当然啦，我不仅要等你把人找来，而且我还要带她两三天，教她怎么做怎么做，等她都习惯了，会做了，我再走。程丽就说，那好吧，那明天我到人才市场去看看。

几天后，程丽的男人就带了一个阿姨到家里来，我就从头到尾的把家里的活路都做了一遍给她看，当时那阿姨就摇头跟我说，这些活路可能我做不下来。我就说，慢慢学啊，时间长了就好了。那阿姨就说，好吧。

到了第三天的下午，我就把自己的东西全部收好了，然后跟程丽一家人告辞，走出门来打个车回家。

我的家是在花果园K区这边的新家。那时候我的两个女儿都工作了，我自己也靠打工挣了点钱，我们就把当初在花果园买下的房子简单装修住进去了。

我们的新家虽然只有不到七十平方米，但我们把阳台封了，也是装修成三室一厅的样子，还有一厨一卫，我们三娘母住着，感觉是很好的，至少，我不用担心像在冒沙井新家那样，总好像能看到老赵生病恨我的样子。

回家来不到一个星期，程丽又打电话给我，她说，李姐你还是回来帮我吧，我的儿子不要那个阿姨带他，我儿子说，我要李阿姨来带我才睡觉。我就说，你就实话跟你儿子说，李阿姨回她自己的家去了，不会再来了，他是一个很聪明的孩子，他会听你的话的。

然后过了不到两天，程丽又来电话，说李姐你还是回来帮我吧，我希望你来带我的儿子到六七岁你再走好不好嘛？你回来帮我，那我就不减你的工资好不好嘛？

我就说，哎呀，程丽，你想多了，我真不是嫌你给我工资少，我真是有我的难处呀，我的两个女儿现在都已经大了，还是有一个大人在家才行，从她们的爸爸过世那么多年来，我从来没有在家做一顿好饭给她们吃过，我自己觉得很对不起她们……我还是没有答应她再回去。我心想，我在你们家那么多年，我累死累活地干，把你们的孩子当成是自己的孩子一样对待，到头来，你不仅没有给我加工资，反而要减少我的工资，我真的不知道你的心是怎么想的。其实，说实话，如果单纯讲收入，那就算他们再给我增加一千元的工资，加到五千元一个月，也不算多，因为那个时候，我给别人做家政也能有这个收入，而且还会比这个多，还不用那么累，但程丽的做法真的让我伤心失望，所以我打死也不想回去了。

我说程丽的做法让我伤心失望，其实还不仅是她说要减少我的工资的问题，而是还有另外一件事，就是我的大女儿在北京打工几年之后，就回到贵阳来，在贵阳机场里当一个仓库保管员。而这个工作就是程丽的那个在机场工作的男人介绍的。然后当我说我要辞工回家的时候，程丽就对我说，那你女儿的工作就有可能保不住。我女儿听了这个话，当天就把工作辞掉了，我也更加坚定了辞工回家的决心。

从程丽家辞工出来后，我就在花果园我的新家里休息了好几天。有一天,我突然在我们小区楼下遇到一个从前一起在医院工作的朋友。她听说我已经从程丽家辞工出来,不再回去了,她就说,那你再回我们医院去工作呀,我们儿科五楼重症病室里面一直缺一个护工。我说,是吗?那我还是回我们医院好啦。

我当时就打电话给我们妇幼保健院里的护士长,我说护士长吗?我是小李呀,我听说我们医院还差一个护工是吗?护士长就说,是呀,小李你想回来吗?你想来的话明天就过来呀,我们这里随时都是欢迎你的。我就说,是吗?那太好了,我已经从程丽那里辞工出来了,我现在也不晓得做点哪样?那我就还是回医院跟你们一起上班吧。

第二天我就赶到医院。我就直接去找儿科重症室的那个主任和护士长。我买了一袋子苹果去。主任就说,哎呀,是我们的小李妹呀,是什么风把你吹来的呀？你还买水果来看我们，那你下一次又要到什么时候才来看我们呀？有几个医生也过来问我，你现在还好吧小李妹？听说你在给一个富婆做家政，她应该给你很多钱吧？

我就对他们说，我在程丽家四年了，也把他们家的孩子带大了，现在我从她那里辞工出来，在家里没做什么事，昨天听护士长说我们这里还差一个护工，我就想来跟你们一起上班啦，不晓得主任还要不要我来啊？主任就说，是的，前段时间我们儿科重症室的一个护工家里有事请假回去了，现在一直缺人，你要想来顶这个岗的话，就到护士长这里来报到就是啦，反正你以前也在我们科室上了几年的班，你应该知道工作是怎么做的吧？反正就是上白班的时候，要跟护士一起来帮这些病人擦澡，又给他们喂饭换尿片这些。

我就高兴地说，好的，这次我要好好地把这个班上下去,谢谢主任和护士长,你们还是那么关心我。

就这样,我又重新回到医院里面来上班了。医院给我开的工资是三千五百块钱一个月。那时候我就想,我真应该早点从程丽家辞工出来回到医院上班,因为医院给我开的工资不比程丽给我的钱少,但医院除了工资,还给我买"五险一金",同时我在医院有很多的休息时间,没那么累啊!而我在程丽家实在是太累了,我觉得我比一匹马还累,现在想来,哪怕程丽再给我多一倍的钱,我也不愿意回去了。

我在花果园的新家,距离我上班的妇幼保健院并不很远,走路半个小时就能走到,所以我也不用像从前那样到处去租房子了。租房子总是要花一笔钱的,现在我不用租房子,我的两个女儿也工作了,我在医院的工资也比以前涨了很多,我就觉得我的生活还是慢慢好转起来了。这样,我就去乡下老家把我爸爸接过来跟我们一起住。

那个时候,我爸爸已经有八十多岁了。他来跟我住,我尽量搞点好吃的给他吃,每餐饭还有点好酒给他喝,他是非常开心的。说句实话,我爸爸那个时候每天喝的都是茅台酒。当然,这个茅台酒不是我买的,要我买那么高档的茅台酒给我爸爸喝,我还是舍不得的。茅台酒是我小女儿给他带来的。因为我小女儿在大酒店上班,是负责搞卫生的。大酒店里经常有人摆酒席,有些是政府举办的大型接待宴会,客人总是会留下一些喝不完的酒,我小女儿打扫卫生的时候就用塑料瓶子装回来,拿给我爸爸喝。我爸爸晚年还能享受到这个福气,说起来他的命还是好的。

我小时候因为没有能读书,经常抱怨我爸爸。我后来命苦,总是遇到各种不好的事情,我就想,当初爸爸如果让我读书，我可能就不至于这样了。所以我有时候是有点抱怨爸爸的。但有什么办法呢，在我们老家，女孩子不读书，也是我们地方的风俗习惯啦，我们那地方，那个年代基本上是没有女孩子去上学读书的。

第九章
两个半婚礼

我从程丽家辞工回家来的时候,我大女儿也从机场辞工回家来了。然后,她就到一家私人办的"晚托班"去当老师,就是专门去辅导那些不能独立完成家庭作业的孩子完成家庭作业。又加上城市里有很多家长都在打工,他们自己没有时间接送和照看正在上学的孩子,也会委托人来接送和照看。

我大女儿在那里干了一年,发现自己其实也能办晚托班,于是她在我们的新家附近也办了一个。

大女儿就在我们新家的楼下租了一间房子,开办起了这个晚托班。她刚开始做的时候，我很担心她招不到学生，但实际上她招到的学生还不少，全托的学生她收两千元一个月，半托的收一千两百元。她招收两个班，大班自己带，小班叫她妹妹来带。那时候她就动员妹妹从酒店里辞职出来了，跟她一起搞这个晚托班。这样，每个月下来，她能有七八千的净收入，比我收入高多了。

有一天，她带了一个男孩子回家来，我就问她，这个是不是你的男朋友？她说不是啦，我们是同学。可是过了一段时间，那个男孩子又来我们家玩。我就直接跟那孩子说，你喜欢我女儿吗？你喜欢的话，你们就早点结婚吧，不喜欢你们就不要再往来了，因为你们的年纪都不小了，都快三十岁了。

那个男孩是贵州兴义人，也是很老实厚道的那种人，就答应我要跟我大女儿结婚。这样，我就开始操心他们的婚礼啦。

那时候我就想,是我自己一个人来操办呢,还是找一个人来负责呢?我就想起老赵来,我心里在骂老赵,你这个背时短命的老赵,你把两个女儿留给我,你倒是一伸脚就走人了,可是我还得样样为她们操心啊!这样想的时候,我就忍不住掉下泪来。

我就对自己说,我过去嫁给老赵,因为年纪小,也因为穷,同时老赵已经是二婚,所以我们就没有举办婚礼,我一生都为这个感到遗憾。现在轮到我女儿,我不想让她们有这个遗憾了,再苦再累我都要把这个家撑下去,把这个婚礼办好,不然对不起孩子。

我就把我全部的力气都用来操办大女儿的婚礼。因为那男孩子也是一个乡下人,家里条件并不好,我就没有收他一分彩礼钱,反而是把我自己全部的积蓄都拿出来给女儿办了一场热热闹闹、红红火火的婚礼。

我就给大女儿办了二十多桌酒席。该来的亲戚朋友都来了。有男方家的，有我老家的，还有我们单位里的同事。大家都来祝福。看到我的大女儿被那男孩子接回家，我眼睛里又流下了泪水。

第二年，我的大女儿就生下了一个小宝宝。那时候，大女儿就来跟我商量说，妈妈，我现在要搞这个晚托班没时间带宝宝，你就辞职了来给我们带宝宝吧？我心里在想，我给人带孩子带得太多了，实在不想再给别人带孩子了。再说，我现在医院上班，收入不低，又有休息时间，我也该过点正常人的生活了。

但是，大女儿现在有困难啊，她需要我帮助，我不帮她谁又来帮她呢？

没有办法，我最后还是答应了大女儿的要求，去医院办理了辞职手续。我就去医院里跟护士长和主任说，我又要来跟你们辞职了，因为我家大女儿有了宝宝没人带,我得去帮她带宝宝。医院的主任和护士长都很惊讶地说,你回家去带宝宝?宝宝可以找人带啊,但你这个岗位如果辞掉了,人家马上就会来顶你的岗位,以后你就不能再回来了。我就说,这个我知道,但我女儿那边实在是没办法啊,他们又要上班,家里又没有奶奶,我想我还是辞职了去帮他们吧。

科室主任和护士长就说,那你实在要辞职,我们也没有办法,我们只是为你感到可惜,一来这个工作你做得很熟悉了,很适合你做;二来你要辞职了,你的"五险一金"以后单位就不给你交了,那你老来咋办?我就说,我大女儿和女婿都答应给我交养老保险的,他们还说会给我发跟医院一样多的工资。科室主任和护士长就说,那好吧,那就随便你了。

实际上,我回家来带宝宝,比在单位上班操心多了。第一,我要给我女儿带宝宝;第二,我还要给她的几十个学生买菜和做饭做菜；第三，我还要负责我们全家人的生活……大女儿说，她会给我发工资，她也的确是每个月给我发了四千块钱工资，但是，这些钱我基本上都用来开支学生的伙食了，我自己的收入还是比以前少了。不过那个时候我也在想，只要能帮女儿渡过难关，我自己困难一点，也不要紧的。

那时候，城市里就开始时兴跳广场舞了，我在医院工作时认识的同事，有很多都是退休了，就去公园里跳舞，她们也来邀请我，动员我，说小李啊，你也快五十岁了吧，你也不要那么累那么忙了，钱是赚不完的，活路也做不完，你一辈子都在为别人操心，你也该为自己的身体考虑一下了，你来跟我们一起跳舞吧？

我就跟女儿说，有姨妈想邀请我去跳广场舞，你们觉得我应不应该去啊？两个女儿就说，跳广场舞可以，但你不要跟她们去舞厅跳舞啊，那里乱得很，妈妈你的头脑是玩不赢那些人的，你最好不要去那些地方啊！

听我女儿这样说，我就不去跳舞了，哪里我都不去。我就在家安心帮大女儿带她的宝宝，我的乖乖外孙女。

接下来，我二女儿也出嫁了。她嫁去的人家，也不是那种有钱的人家，二女婿的父母也像我一样，都是从乡下来城里打工的人。二女婿是我二女儿的初中同学，人看上去也蛮憨厚老实的，把二女儿交给他，我是放心的。

二女儿的婚礼我也是一样给她办得风风光光的。我同样办了二十多桌酒席。那时候有大女儿来帮我安排买这样那样东西，我也轻松了很多，不再像当时操办大女儿的婚礼那样，全部都是我一个人来考虑。我就很高兴地跟我的朋友和姨妈姊妹们说，现在我可以轻松一下啦，因为我的两个女儿都出嫁啦。姨妈姊妹们都说，你真是太能干了，独自一个人拉扯这两个女儿长大，你这辈子也操心够了，该是享福的时候了。我就说，有没有福享还难说啊，但是，我先把肩膀上的担子放下来歇口气再说。这样说的时候，我就想起我这一路经历的各种苦，眼泪就忍不住掉了下来。

那天晚上，到我家来玩的那些姨妈姊妹就对我说，你家老赵都过世那么多年啦，你的两个女儿也各自安家啦，你现在应该是没有什么顾虑的吧，你也应该找一个合适的老伴来过日子啦。我就说，像我这样的人，哪里还会有人看得上？这个事我就不想啦，我只想再帮我女儿带一两个宝宝，然后我就死去啦。那些姨妈姊妹就说，你那么年轻，身体又好，离死还早得很，还是找一个吧。

我的两个女儿也对我说，妈妈，爸爸都去世那么多年了，我们看你一个人很孤独的，你看有合适的叔叔，你就找一个吧。我就说，我当然也想找一个呀，但现在这个社会，到处是骗子，我能去哪里找？我的女儿就说，去我们老家找呀，我们老家的人一般都是老实的。女儿这样一说，我还真的动心了，我心里想，老家如果有合适的，我是可以考虑找一个的。

然后就有人给我介绍了老家的一个人，介绍人说来说去，原来那个人是我在小学一年级读书时候的同学，几十年过去了，我对他还有一点印象，我记得他是一个蛮老实的人，所以就答应了跟他见面。

我们就见了面。那个人说他老婆去年过世了，现在是一个人。我就说，你就不想出去打工吗？你只想在老家干活吗？那个人就说，我也想出去打工啊，但是没有合适的工作给我做啊，你有合适的工作就介绍我去嘛。我说，好嘛，你要是愿意去，我帮你问一下。

后来我就在我原来工作过的医院给他找到了一个当保安的工作。然后呢，我就和他结婚了。但我们只是去领取了结婚证，还没有办酒。按照我们老家的习俗，我们只有办了酒，才能算是正式的夫妻。所以我和他，虽然结了婚，但我们还不是真正的夫妻。

然后呢，我们结婚才不到一个月，他就因为开车撞死人被判了刑。他被判坐三年牢。那个时候，我真的是太灰心了。我想我的命怎么这样苦啊，怎么总是在生活才刚刚好起来那么一点点的时候，就遇到各种各样不顺的事情啊？

那个人去坐牢之前，给我留下了一个存折，说里面有五万块钱，他说那个钱本来是拿来给我们办婚礼用的。我当时还蛮感动的，也一心一意等他出来，但接下来发生的事情，却让我彻底灰心绝望，那就是说，我这五万块钱，竟然又被人骗走了。

第十章

我中了电信诈骗的圈套

我这个人不识字没有文化一辈子都被人欺骗，现在慢慢想起来我真的太没用。我现在就讲讲我那五万块钱是怎么被人骗走的。

那是2017年9月20号，我还在医院上班。那天早上我跟平时一样在打扫卫生。到中午的时候，我接到一个电话。电话里面的人就问，你是不是叫李玉春？我说，是的，有什么事吗？打电话的人就说，他是贵阳市公安局派出所的，他说我们接到一个电话，是上海公安局打来的，他们说你们贵州省有一个女的是拐卖妇女儿童的，她的电话是1398481××××，身份证号码是5201211968××××××××，那么我现在问你，这个电话和身份证是你的吗？如果是你的，就请你配合上海市公安局的调查，你要老老实实配合他们的调查，我讲的话你听清楚了没有？

当时我接到这个电话，整个人都蒙了，还没等我反应过来，我的电话又响了，电话里的人说他是上海市公安局的，他说，我们在上海抓到了一个拐卖妇女儿童的团伙，他们供出的名单中有你的名字，也有你的电话和身份证，所以，你要老老实实地交代你和他们往来的情况，现在你要么老老实实按照我们说的去做，要么你到上海来把事情说清楚了再回贵州。我当时接到这个电话，就吓倒了。我也不知道我为什么就有那么憨，竟然就相信了他们是公安局的。过了一会儿，上海那边又打电话来说，你要好好配合我们,如果你不配合,我们就会把你抓去坐牢……一听说要坐牢,我就害怕得浑身发抖,然后那电话里的人又说,这个事情你不要跟家里的人说,也不要跟任何人说,你听清楚了没有?我说我听清楚了。

那天下班回家,我就饭也不吃,走路也走错,就像吃错了药一样。我不知道怎么搞的,竟然就相信了他们,我就没有把这个事情跟家里人讲,也没有跟任何人讲。然后,上海那边又来电话,说,他们供述你分到了三十多万块钱,那你现在就要老老实实跟我说你到底有多少存款?我就说,我是一个打工的,一个月才有两千多块,我现在是一个人生活,老公去世了,两个女儿出嫁了,我没有存款。我现在只有一张工商银行的银行卡,是用来还房贷的,里面没有钱,我的房贷是要我女儿去打工来把钱转给我,我才能去还的。电话那头就说,你确定你说的都是真话吗？你要知道，我们公安局是掌握了你的全部情况的，你要是不老实交代，我们就会抓你去坐牢，到时候你可别后悔哟！

我心里就在想，我的确还有一笔钱没有交代，就是我的那个去坐牢的"老公"留给我的，他说是等他出来跟我结婚用的，有五万元。我就想，这个要不要交代呢？如果不交代，我是不是真的要被他们抓去坐牢啊？

但是，我的那个"老公"说了，这个钱千万不能让别人知道，否则他就白白去坐牢了，因为他撞死了人，人家是要他赔钱的，他就是不愿意赔钱才去坐牢的。

我还在想，要不要给公安局交代这个钱？电话那边又说话了，他说，你要老老实实按照我们说的去做，你只要按照我们说的去做了，你才能不去坐牢。听说要坐牢我就太害怕了，我就说，我听你们的，你们要我怎么做嘛？

对方就说，现在你去把你卡里的钱全部转到我告诉你的这个账号上，你记住，这个卡是我们公安局特意为你设置的临时账号，你把钱全部转到里面，这样才能证明你没有三十多万，才能证明你不是他们的同伙，你才不会去坐牢，听明白了吗？

我说我明白了。我就按照他们给我提供的一个卡号，把我"老公"留给我的钱全部转出去了。然后，对方就再也不联系我了。

直到事情过去好几天了，我才醒悟过来我可能是被骗了。我就把全部事情告诉了两个女儿。她们就哭了，她们说，妈妈，你怎么那么傻嘛！这是太明显的电信诈骗了嘛！

然后我们就去附近的派出所报案。派出所的人就骂我说，你活该！你自己有没有拐卖人口你不知道吗？就算你真的是拐卖人口的，我们会跟你打电话吗?我们还不直接去抓你?还有,人家叫你不告诉任何人你就不告诉任何人呀,你就不能跟自己的两个女儿说说?你跟你女儿说说,哪会有这样的事情嘛!

我哭了一个多月,想死的心都有。可怜我的两个女儿,看到我天天不吃饭,只会哭,她们的心都碎了。

我后来仔细想过,觉得我这个人虽然很笨,很老实,但我平时也不至于笨到这样程度,我想我肯定是遇着鬼了。我就回老家去,拿米,拿鸡,去找人算命。算命的人就说,你和你那"老公"的命是相克的,你们不适合做一家人。我想想,觉得真的是有道理,因为我从来没有被人骗过那么多的钱,而他把钱拿给我,我才被人骗的……后来我就去监狱里找他,跟他说,我们不合适,我们离婚吧。

他从监狱里一出来,我们就去办理了离婚手续。我的两个女儿给我凑足了五万元钱,全部还给他了。

第十一章

送别两个老人

我家里有两个老人,一个是我爸爸,一个是老赵的妈妈。老赵的妈妈是 2008 年去世的,我爸爸是 2018 年才去世。他们都死得很可怜。现在我先讲我爸爸。

我哥哥活着的时候,爸爸是跟我哥哥一起住的。他年纪虽然大了,但在我哥哥和嫂子都生病的时候,家里的活路都是靠他去做。他还要帮我哥哥带两个孩子。我哥哥去世后,嫂子因为腿伤装有钢板,干不了重活,我爸爸年纪一天比一天大,我们几姊妹就商量，每人每月给我嫂子三百元，这样，我爸爸就不用自己去做耙田栽秧这样的重活了，有了这笔钱，我嫂子就可以在农忙的时候请人来做，那我的爸爸才可以轻松一点，但家里的很多活路还是需要他去做。

我就想，爸爸年纪大了，他已经不能像年轻的时候那样去找钱，万一哪里有点急用他一点钱都没有就不好，所以我就去农行给他办了一张卡，我每个月在里面存一百元。我跟他说，爸爸，这个卡是你的，密码是六个零，你要是记不住，你就拿本子来记着，你需要用钱的时候，你就拿这个卡到雷山农行去取来用。我又说，你要是不会用这个卡，那你就问银行里的人，叫他们帮你取钱。我爸爸就说，哦，哦，哦，好的，谢谢我姑娘。

其实那个卡我爸爸几乎没有用。因为他是节约惯了的人，平时很少用钱。赶场[1]的时候，就去买点叶子烟。因为他没有别的爱好，酒也不喝，平时就只爱吃点叶子烟。

2009年秋季里的一天，我爸爸去挑谷草回来，大概是天太热了，出汗太多，他就用冷水抹了一下身上，然后吃完晚饭就睡了。但是，第二天，睡到9点多钟了还没起床。我嫂子就觉得奇怪，因为我爸爸一直都是起得很早的，就去喊他，爷爷，你怎么还不起床呀？那时候我爸爸就没有答复我嫂子。我嫂子就走进我爸爸的屋子去看，我爸爸硬邦邦地躺在床上，他已经不能说话了。我嫂子当时就吓得大喊起来。然后她就打电话给我，说，姑姑，爷爷昨晚吃了点饭之后去睡觉，到今天早晨9点钟还没起床，我就去看他，发现他身体硬邦邦的了，现在

---

1 赶场，赶集的意思。

话也说不出来。我就说,那你们去医院喊一个医生来看看呀。嫂子说,我们去医院喊医生来看了,医生说也看不出来是什么病。

我当天就跟医院请了假,然后坐汽车赶到雷山老家。进门一看,爸爸是坐在地上的,我就大声哭着说,爸爸你是怎么啦?你怎么坐在地上啊?那时候,我的后妈也是坐在他旁边的,她就说,你爸爸本来是坐在椅子上的,是他自己从椅子上梭下来[1]的。这里我顺便说一句,那个时候,我后妈带来的四个孩子都长大了,她儿子在贵阳办晚托班,她就一直跟她儿子在贵阳住。她也是接到我嫂子的电话之后才赶过来的。那时候,我们都以为我爸爸要死了。

我就想把我爸爸拉到椅子上去,但我一个人拉

1　梭,贵州汉语方言,这里指滑下来。

不动他。当时我爸爸话也不说，眼睛也不看我。他应该是不认识我了。我看到他的眼睛只往天上看。他的衣服、裤子全部都是脏的，裤子上全是尿，腮帮上的胡子长长的，我就帮他把胡子刮了，衣服、裤子全部换了，他看上去也像一个人样了。

那时候我妹妹还没有嫁人，她还在家里，我就问她爸爸到底是怎么生病的。她就说，爸爸平时没有病，那天去挑谷草，回来吃晚饭也是好好的，但他可能是洗了冷水澡，就变成这样了。我就说，那我知道了，这个病，在我们老家里叫"倒痧"，我以前看到我们寨子上也有老人是这样的情况，他们就说，使劲给他按摩的话，他还会活转来[1]。我就按照老人说的，给我爸爸按摩。我也不知道怎么按才对，我就全身上下都给他按，白天给他按四个小时，

---

[1] 活转来，这里是苏醒的意思。

晚上又给他按四个小时，到晚上，我爸爸的眼睛就开始会动一点了。我就给他喂饭吃，他的嘴巴也可以张开一点了。

就这样，我每天都给爸爸按摩。到第三天，他就能坐起来了。到第四天，他就可以慢慢走一两步路了。但他的脚还是跨不过门槛，我就帮他抬腿，又帮他按摩腿脚。到第五天，我就可以扶着我爸爸沿着板壁慢慢走几步了。看到爸爸一天一天好起来，我心里好高兴啊！

十多天之后，我爸爸就可以自己慢慢地走路了，吃饭也正常了。我就跟嫂子说，我已经来十多天了，我也要回去了，爸爸就拜托嫂子帮我们照顾好。嫂子就说，我们都不知道怎么照顾老人，谢谢姑姑了，有你们在，爸爸才健康起来。

回到贵阳之后，我经常给爸爸打电话。我问爸爸，你身体现在怎么样了呀？爸爸说，还可以，我挑七八十斤没问题。当时听我爸爸这样说，我心里真的太高兴了，我也放心了。

爸爸的生日是每年农历的中秋节。只要没有什么特殊事情，我们一般都要回去跟爸爸一起庆祝生日。那个时候，我的两个女儿都长大了，她们自己也能挣钱了，就总是跟我一起回去，给钱的给钱，给礼物的给礼物，老爷爷开心得不得了。

我就带着家人去看望我的爸爸。我买了五斤肉、一只鸡，还有生日蛋糕，给爸爸过生日。那天，爸爸看上去很高兴。我也看不出爸爸身体有什么异样。我们就带他去雷公山玩了一圈，我们一家人在雷公山上照了一张合影。我没想到，那是我和爸爸在这个人世间最后的合影。

我们过完中秋节刚回到贵阳后的第三天，我侄儿就打电话给我，说姑姑不好了，老爷爷躺在床上不会说话了。我说，那你赶快送他到医院呀。半个小时我再打电话过去，侄儿说，老爷爷已经去世了。

这一年，我爸爸八十六岁。在老家，他算是长寿的，大家都很尊敬他。来送他的亲戚很多，车子停满了我们村两边的公路，有好几百辆。

说了我爸爸，我再来说老赵的妈妈。

老赵活着的时候，我们家有三个小孩，三个大人，只有老赵一个人是男的，其余都是女人。三个小孩里面，有两个是我生的，有一个是老赵前妻生的。三个大人中，有一个是老赵的妈妈。她跟我们在贵阳生活了二十多年。我嫁给老赵的时候，她就已经在那个家里了。说实话，这个老奶奶也是一个苦命的人。她四十多岁就死了丈夫，一个人抚养四个孩子长大。我家老赵是她的大儿子，老赵下面还有两个妹妹和一个弟弟。老赵爸爸去世的时候，老赵才八岁。

老赵的爸爸本来是一个很能干的人，他会做生意。但是，在他的那个年代，是不允许个人做生意的。老赵的爸爸就偷偷地去卖盐巴。他挑盐巴到很远很远的地方去卖，都是晚上走的。回来的时候就赚了一些钱。老奶奶曾经拿一种钱给我看，我只看得到[1]有一张是五百元，有一张是一千元，我看不出那是什么钱，反正我从来没看见过，老奶奶说，这种钱她还有几十张。

老赵的爸爸是饿死的。那是1958年的时候，家家都没有饭吃，老赵爸爸就去坡上乱吃山上的东西，然后就胀肚子死了。丈夫死后，老赵的妈妈还年轻，本来是可以改嫁的，但她怕自己的孩子没人管，在寨子上受人欺负，就留在家里，辛辛苦苦把四个孩子抚养成人。那时候，老赵经常跟我说，他小时候是很苦的，妈妈为了让他学习文化，就让他去上学，

1　看得到，这里是看出来的意思。

但是,他去上学的时候,要带一根扁担和一把镰刀走,他把扁担和镰刀藏在路上,然后放学回家时要割一挑草回家。他们去上学要走一个半小时才到学校,走那么远的路,又没有吃的,放学回家还要去割草,想起来都觉得苦。老赵说,他们那个时候读书,是点煤油灯来做作业和看书的,第二天起来的时候,两个鼻孔全是黑的。

老赵读到初中就不得[1]书读了。后来因为贵阳林东矿务局到我们老家去招人来挖煤,老赵有一个舅舅在政府工作,他就被招来了。他的两个妹妹和一个弟弟还留在家里。老赵来到贵阳的时候,才十六岁。老赵成家后,老奶奶也跟着到贵阳来一起住。我来到老赵家的时候,看到老奶奶才五十多岁。她那个时候的身体还好得很。但跟我们住了十多年到

---

1 不得,西南地区汉语方言,没有的意思。

二十年之后，到七十多岁时，她的头脑有时候就有些糊涂了。尤其到晚上的时候，她喜欢到处乱走，有好几次走到别人屋里去了，别人以为是小偷，都被吓到了。邻居就跟我说，小李，你们家老太太这样到处乱走，怕是哪天会走掉[1]啊，到时候你去找她就很难找了。我说是啊，等老赵回来我跟老赵商量看看怎么处理。

晚上老赵下班回来，我就跟老赵说了这个事情。我说老赵，你妈妈总是这样到处乱走，我担心她哪天走丢了，就麻烦了，我估计是她来跟我们住的时间太长了，可能想家了吧，要不你把老妈妈送到老家去跟弟弟住一段时间看看？如果她不再乱走了，我们再去接她回来，你看好不好？老赵就说，好的，等我休息，我就送她去。

---

1 走掉，西南地区汉语方言，走丢的意思。

老赵送老奶奶回老家的时候,是2008年的9月。老赵说,老奶奶到老家也还是蛮清醒的,弟弟对她也很关心。然后,到了那年的年底,也就是12月的一天,小叔就跟奶奶说,我要去女儿家玩几天,这两天你一个人在家煮饭吃,可以吗?老奶奶说,可以的,你去吧。但是,小叔没想到,老人不会开电饭锅,她那天就没有吃到饭。大概是到晚上肚子饿了还是怎么的,老奶奶就从家里走出去了,然后就掉进了寨子门口的一个深沟沟里。有人看见了,就来报告村长,说沟沟里有一个老人,可能是隔壁村的疯老太,你去通知隔壁村的人来把这个疯老太抬走吧。那时候,隔壁村子里的确有一个疯老太经常在老赵他们村乱走。村长就带人去沟沟里把老太太抬上来,放在村委会的一个地方,然后烧火来给老太太烤。因为我们家老奶奶头上跌破了,出了很多血,又是大冷天,血就把脸都遮住了,大家都不认识这是我们家老奶奶了。我们家小叔是第四天才回家来的，有人告诉他，村委会里有一个老太太，快要断气了，你去看看吧。我们家小叔是喝了点酒来的，他就去村委会看那老太太，他居然认不出来这个老太太是自己的妈妈。后来大家说起这个事情就觉得可能是有鬼，因为我们家奶奶从小就是这个村里的，后来也嫁在这个村子里，应该讲大家都是熟悉她的。还有，老奶奶有三个舅子，每个舅子都有三四个儿子，那天，他们都在现场的，但就是没有一个人认得出这是我们家奶奶。到了那天下午，村长就通知隔壁村的人来把老奶奶抬走了。那个时候，大家都以为是隔壁村的那个疯老太快要死了，他们觉得这个人是个疯子，按照我们地方的风俗，像这种疯子是要被抬到很远的森林里去丢掉的，然后再另外找时间去把死人烧掉。

　　隔壁村的人就真的过来把老太太抬到森林去丢

掉了。那个时候，我们家奶奶还没有断气。如果小叔这个时候人是清醒的，他正常回家去，看不见自己的妈妈，再来找，那我们家奶奶还有可能被救下来。但是，我们小叔喝了点酒，他就到天黑了才回家。他到家里没看见自己的妈妈，就到处找妈妈。后来又喊来几个侄儿一起到处找。这个时候，他们才想起来，那个被抬到森林里去的老人，可能是我们的奶奶。他们就去问隔壁村的那些人，说，你们把那个老人丢到哪里去了？那些人就告诉他们丢人的地方。他们说那地方太远了，而且那个时候，到处是冰雪，他们走到第二天天亮了才找到那片森林。他们在那片森林找到我们家奶奶的时候，奶奶已经完全没气了。而且，小叔经过仔细查看，最终确认这个老人就是我们家奶奶。然后小叔他们就把奶奶从森林里再抬回家来。

　　老赵接到弟弟电话的时候，他简直不敢相信这个事情是真的。因为他把奶奶送到家才几个月,那个时候奶奶身体还好得很。老赵就哭了起来。

那一年刚好遇到百年不遇的大冰灾,从贵阳到各个地方的汽车都停运了,我们到处去买车票都买不到去雷山的。我们只好先坐车到榕江,再从榕江转车到永乐,又从永乐走路回老家。我们包[1]了很大的一个弯弯。

老赵到家的时候,看见自己的妈妈变成了那个样子,哭得死去活来的。他还打了小叔两个耳光,他骂小叔,老妈跟我住几十年没有一点问题,她来跟你住三个月就死了,你是怎么搞的嘛?小叔也知道自己错了,不敢说话。老赵又去把村长狠狠骂了一顿,说你当一个村领导,村里有哪些人你都不知道吗?你还去喊隔壁寨子的人来把我老妈抬到森林

1　包,西南地区汉语方言,绕的意思。

里去，你没有眼睛和脑子吗？那村长也不说话。

　　我们的奶奶去世的时候是七十五岁，在我们地方，也算是长寿了。我们也是像对待其他长寿老人那样，为老奶奶办了很隆重的葬礼。那时候山坡上道路上到处都结冰，老赵他们村里的人自己都没有菜吃，我们就派人到镇上去买菜来给帮忙送葬的人吃。我们杀了一头牛、四头猪，全部搞下来，总共花去了一万多块钱。这在老赵他们村，当时已经是最隆重的葬礼了。

第十二章

像我们这样卑微的生命

2018年冬季里的一天,我突然接到一个电话,是潘哥打来的。他说,阿包,我生病了,你可以照顾我不?我问,你生什么病呀潘哥,你老婆和姑娘呢,她们不管你吗?潘哥就说,我得的是腰椎间盘突出,就是腰杆这边的脊椎发炎了,然后压迫神经,痛得很,一点都动不得,我老婆已经离家出走了,女儿在学校读书,马上要毕业了,我不想惊动她,所以我想到你那里,请你照顾我,不晓得可以不?我就说,这样啊,那你先过来再说吧,你能过来吗？潘哥就说，我想坐高铁过去，我叫学生送我上车，然后坚持三个多小时，就可以到贵阳了，我想坚持三个小时应该是可以的，但你得到车站来接我。我就说，那好吧，你过来吧。

那你们会问，潘哥是谁？他又是从哪里冒出来的？怎么认得你？而且，他还那么信任你？那我就不瞒你们了，潘哥就是我姐姐的前夫。还记得我17岁时来到姐姐家给姐姐带孩子的事情吗？那个时候，潘哥就是我的姐夫，后来姐姐跟姐夫离婚了，我也跟他失去了联系。然后，大概是2004年吧，在我们老家雷山县，政府搞苗年节活动，他来了。他是作为贵宾被政府邀请过来的，坐在主席台第一排的位置上，那时候，我和老赵带着两个女儿在下面看热闹，我就认出了坐在台上的潘哥，就过去跟他打招呼，他就给我留下了一个电话，然后我们就联系上了。但我一般也不会给他打电话，他那个时候还在福建当老师。后来是我大女儿考大学的那一年，我不是在没有办法的情况下打电话找一个亲戚帮忙吗？那个亲戚就是潘哥，那个时候他已经从福建调到湖南来工作了，还是在学校里当教授。我也是走投无路了，才想起他来的，我想他既然也在大学里当老师，那么他应该知道一些招生的情况吧，那个时候，我其实并不知道他还是一个名人，更不知道他跟贵州一些大学的领导是熟悉的，所以他很快就把我大女儿的事情办妥了，大女儿顺利进了凯里学院读书。

我就在贵阳高铁站接到了潘哥。见到他挂着拐棍从出口走出来的时候，我的眼泪就掉下来了。我就说，天啊，潘哥，你怎么病成这个样子了嘛！他就笑着说，没事的阿包，你回家拿热水袋来烫我，过几天就好了。我就打一辆出租车带他回我的家。我把他安排在大女儿租的教室里。我的大女儿不是也在花果园办了一个晚托班吗？她就在我们家的楼下租了一个房子，在那里教学生做作业。她租的房子一共有三室一厅，教室只用去了两室一厅，还有一室我们就拿来做客房，一般有客人来我们就叫客人住在那里。我爸爸来跟我住的一年多时间里，就是在那个房间里住的。我就把潘哥安排在那里住下了。

然后，我就按照他说的，用热水袋烫他的腰椎。我多次问他，要不要去医院啊潘哥？潘哥说，不去。他说，2016年他去医院住了一个月，差点儿被治死了，所以他再也不相信医院。他讲这个话，我也是相信他的。因为我也在医院待了那么多年，见过很多病人，本来是小病，但由于医生处理不当，有些人就被活活治死了，家属也搞不清楚具体情况，只晓得哭。

我又问潘哥，你怎么知道这个病要用热水袋来烫呢？潘哥就说，他得这个病已经好多年了，到处求医问药，还到重庆去找人治疗过，那个重庆的医生说是治好过很多很多人，但他的方法却很简单，就是用热水袋来烫，使劲烫，烫到起泡都没关系。潘哥就说，他那次在重庆，就是这样被治好了，然后回来好了两年多，想不到今年又发了。

就这样，我白天给大女儿的学生做饭做菜，同时也招呼一下潘哥，给他换热水，给他做吃的。因为我们那出租屋的厕所是蹲式的，潘哥腰痛蹲不下去，我就去超市里给他买来一个坐便器，他就说，这个好，这样我就没有那么困难了。

那个时候，我就有很多时间来问潘哥这些年是怎么过来的，家里人都好不，潘哥也有时间来听我讲我的故事。当我讲到我这些年的经历时，潘哥就总是流眼泪。说实话，我很少看到男人流眼泪。我心里就想着，这个男人的心肠好软啊！

潘哥跟我说，离开姐姐以后，那几年他过得很艰难，因为太想宝宝，他几乎要变成疯子。但是后来，他遇到了杨老师，情况才有所好转。他说杨老师是他同一个学校的师妹，但不同班，也不同级，他大学毕业的时候，她都还没进校。他们本来并不认识，是杨老师大学快要毕业时，有一个老乡带杨老师来找潘哥，问他们单位是不是还需要人，他们就这样认识了。那时候杨老师也很喜欢文学，当然就很喜欢跟潘哥在一起啦。潘哥也很喜欢杨老师。这样，他们就在一起啦。

潘哥跟我说，他们是1991年结婚的。结婚的时候，杨老师还在老家榕江县文联上班。他们过了两年两地分居的日子。到1993年，杨老师就停薪留职到贵阳来跟潘哥一起过了。到1994年，潘哥就把杨老师调到了贵阳，跟他在一个单位。1995年，他们生下了一个女儿。潘哥很宠爱这个女儿，把她当公主一样来养。公主跟着他，走南闯北，从贵州到福建，又从福建到湖南，虽然也受了不少苦，但总的来说，她是很享福的，现在公主大学毕业了，在念硕士研究生。

然后说到杨老师的时候，潘哥就一直流眼泪。我问潘哥，你生病杨老师知道吗？潘哥就说，我在我们学院的群里请假了的，她应该知道。我就说，她知道也不打电话问你一声吗？潘哥说，没有。潘哥又说，她离家出走都半年了，留下了一张纸条，说再也不会回来了……那时候，我心里就很同情潘哥，我觉得我命苦，但没想到他的命也不好啊！

我每天都用热水给潘哥烫腰杆，又给他按摩。到第二十天左右，他就能挂拐下床走路了。我正想着，再过几天，他就应该能康复回家了。但是，没想到，有一天早晨，当我像平常一样下楼去看他的时候，我突然发现，他满头大汗，呼吸很困难。我就大声问他，潘哥，你怎么啦？你别吓唬我啊，你到底怎么了嘛？潘哥拉我的手去摸他的头，我一摸，天啊，滚烫的。我就说，你是不是感冒了啊？潘哥就点头说，嗯，嗯。我就立马背他下楼，到小区门诊去就诊。一进门我就喊那医生，医生，你快看看这个病人，他应该是感冒了，但我没见过感冒可以严重到这个样子的。医生赶紧来给潘哥检查，他叫潘哥张开嘴巴检查，又量了体温，40度。医生说，是伤寒了。我问，伤寒不是感冒吗？那医生就说，感冒是一个笼统的说法，但感冒有很多种，他这个是受凉引起的风寒，所以他又怕冷，又怕热。

医生就给潘哥打吊针，吊了一整天。那年冬天，贵阳有流行性感冒，我大女儿最先感冒了，然后一家人都感冒了，我怀疑是我们把感冒病毒传给潘哥的，心里很过意不去。但潘哥说，他这些年身体很不好，经常感冒。他又说，感冒他不怕，他现在感觉是肺部感染了，就总是想咳嗽，但咳嗽会震动到他的腰椎神经，疼痛难忍，他说他最难受的是这个，所以一直想忍着不敢咳，但是不咳嗽又有痰堵在喉咙里，无法正常呼吸。

　　医生就给潘哥打消炎的吊针，连续打了三天，他的病就好转了，也开始想吃东西了。我就说，潘哥，你吓死我了，你要在我这里有个三长两短，我怎么跟你女儿和杨老师交代啊！潘哥就对我说，阿包，杨老师是不会再回来了，她就算回来，我也不想要她了，想想这些年来她对待我的态度，我就没有必要再留恋她了。其实，十年前她逼我离婚的时候，我就死心了的，但那个时候我可怜小孩，后来就求她复婚了，但现在小孩大了，我也不想再跟她这样过一辈子了，她自己也是这样跟我说的，她也不想这样跟我过一辈子，所以，我们实在是过不下去了……你要是愿意，你就来跟我过一辈子吧，如果你不愿意，我也会去找别人的，反正我现在人老了，很需要一个人来照顾我，你愿意来照顾我吗？我就说，你不要跟我开玩笑潘哥，你是大教授，我一个字不认识，我是很下贱的人，怎么配得上你，你莫要拿我开玩笑了。潘哥说，我说的是真话，你去认真考虑一下。

　　我就把潘哥给我说的话告诉了我的两个女儿。她们都说，你不要犯傻了妈，他应该是骗你的，以他的条件，他怎么可能看得上你嘛。我大女儿说，你别傻了妈，过两天他好了，你就叫他回家去，否则，他老婆和女儿找上门来，我看你咋个解释。那时候，我真的很担心有这样的事情发生，要是真有这样的事情发生，我就算有一千个嘴巴，也说不清楚了。但我心里也在想，万一杨老师和女儿上门来找我，就也可以好好讲她们几句，那么好的人，生那么重的病，怎么可以不闻不问呢？怎么可以一个电话都没有呢？所以我就对潘哥说，你还是回去好好跟杨老师过吧，杨老师应该是一时糊涂罢了，她出去一段时间，想通了，就会回家来的。潘哥说，你不了解她，她不是一般的女人，我和她在一起三十年了，我很了解她，她是一个很固执而且很自以为是的人，她认定了的事情，是不会回头的。十年前我是被她逼着去办理离婚手续的，我开始死活不同意离，成天花时间跟她讲道理，我说看在女儿的面子上，我们就将就过吧，你说我不好的那些方面，我都会改正，但她说，晚了，太晚了，我已经不再爱你了……后来我是同意跟她去教会，被教会的人说服，我们才又复婚的……这一次，她就更加铁心了。说实话，事情到了这个地步，我也不再留恋她了，就算你不愿意跟我，我也不想再跟她过了。

我就把潘哥的话说给我姑娘们听，她们就说，这样说来，也应该是有可能的。我就对潘哥说，我可以答应你,但是,你可不能反悔哟!你反悔了,我咋办?潘哥就说,我不反悔。

但潘哥还是反悔了。潘哥的病好了之后,他就回湖南去了。到湖南后不久,他就对我说,杨老师还是想要回家来跟我过,我和她正在谈判。我就对潘哥说,那你就好好跟她过吧潘哥,你不要担心我。但是,过了没几天,潘哥又告诉我,说杨老师请了律师,要跟他离婚。我就说,她请律师是什么意思,是要跟你打官司吗?潘哥说,她是请律师来调解的,她的主要目的是要分我的财产,我的书,我的房子,我的钱,她全部都要。我就对潘哥说,那你就给她吧,这些东西,你就当是留给女儿的就好。潘哥说,我本来也是想留给她们的,但她现在的做法,我很难接受,好像这些东西本来就是她的一样,其实这些东西跟她没一毛钱关系。我就说,哎呀,潘哥,你都给她吧,不要紧的,我们有吃有穿就行了,她真要是离了你,我就好好照顾你。

我就等着潘哥去跟杨老师找律师调解的消息。结果,潘哥说,调解回来后,杨老师后悔了,想重新回来跟我过。我就问,那你的意思呢?你还想跟她过吗?潘哥就说,我现在思想很乱,有些事情我想过几天去当面跟你说,你看这样可以吗?我就说,好吧,我等你。那时候,已经是2019年的夏天了,潘哥他们很快就放了暑假。杨老师先回她老家去接待一伙从前在福建一起工作的同事,潘哥也跟着过去了,跟杨老师一起接待那伙同事。之后,潘哥就到贵阳来了,他来跟我住了十多天。在这十多天的时间里,我们什么话都说完了,潘哥也把他的困难全部告诉了我。他说,有几个问题让他感到很不好处理,第一个是他妈妈不同意他离婚,妈妈是流眼泪求他的,他答应了妈妈,不离;第二是他虽然知道再回到那个家只不过是重复十年前走过的老路，但他心里还是放不下孩子，孩子现在还很需要爸爸；第三就是，我答应过你，我也不想反悔自己说过的话……我就说，那这样吧，潘哥，我等你把你的事情处理好，你处理好了再来找我，你处理不好，我们就不联系，好吗？潘哥说，嗯，那也只能先这样了。

就这样，潘哥就回去了。

然后有一天晚上，已经很晚了，我突然接到潘哥打来的视频电话。我开始还以为是潘哥，就去接，没想到对方半天没说话，我就觉得奇怪，就把电话关了，后来就收到了杨老师发来的语音留言，她对我说了很多话，都是骂我的话。说实话，本来我已经放弃了潘哥，我都不想再联系他了，我知道我配不上他，也知道我不该插手人家的家庭，但是，杨老师要说这样不礼貌的话，我也只好一一反驳她，而且，我故意说，我不会放过她的。

第二天，潘哥给我打来电话，他说，阿包，你和杨老师的语音对话我都听了。我昨天喝醉了酒，她就回来偷看了我的电话，然后就给你说了那么多，你答复她的话讲得很好，你给了她机会，我也给了她机会，老天爷也给了她机会，但是，她现在是用她自己一贯自作聪明的方式毁掉了我们这个家，我也没什么话说了，就随她吧。

2020年的夏天，潘哥在贵阳我们的家里接到了湖南湘潭雨湖区法院发来的传票，杨老师正式起诉潘哥，要求离婚。潘哥几天几夜没睡觉，写了很详细的答辩词，他把答辩词给我的女儿和女婿看了，我们都很难过，因为杨老师起诉跟潘哥离婚的主要理由，竟然就是潘哥有了外遇。最难过的是潘哥，那一段时间，他几乎没有睡过觉，我很担心他这样下去，能不能挺得住。但我也不知道该怎么安慰他。

一个月后，法院判决潘哥和杨老师离婚。潘哥净身出户，他自己一个人到办公室住去了。

其实，在法院判决之前，潘哥早就一个人搬到办公室住了。本来，潘哥的想法，还是住在自己的家里，他们家很宽的，有四室两厅两卫，完全可以分开来住。潘哥说，事实上，他和杨老师分居已经有二十多年了，他们在福建的时候就分开睡了。杨老师离家出走之后，她自己在外面租房子住，也已经有半年多时间了。后来，杨老师说，她和孩子在出租房里没有洗澡的设备，生活很不方便，想回家来住，问潘哥能不能搬出去住。潘哥说，可以的，我可以去住办公室。他就去住办公室。可怜的潘哥，他在办公室里住了一年多时间，因为办公室里什么东西都没有，他每天都是自己煮面条吃，而且，吃的都是素面，想起来都可怜。直到2020年底，他才重新在学校申请到了一套廉租房。那是一套只有六十多平方米的老房子，太破旧了，又脏又乱又黑，刚开始拿到房子的时候，潘哥有点不想要，他说，我就住办公室，有什么不好呢？我都住习惯了。我说，还是要有自己的房子才好，我就过去帮他收拾了一个多月，我们就住进去了。

我现在每天都和潘哥在一起，形影不离，他去哪里开会也带着我。我说我跟你去会不会让你很没面子啊潘哥？他说，不存在。他说我们好好过我们自己的日子，别人怎么看跟我们无关，别人有权利议论我们，我们也无法去堵住人家的嘴巴，但我们也有权利过我们自己想要过的生活，只要不违法，别人也管不着。他说你现在主要的任务是管好我的身体，只要有身体，我们什么都会有的。

的确，潘哥身上有很多种病，第一是他的腰椎间盘突出症，经常发作，我坚持每天给他按摩，才减少发作的次数；第二是他的高血压，他吃药就没事，所以我得提醒他每天按时吃药；第三是他太爱喝酒，戒不掉，但有我在他身边，他就不会醉，只要喝到一定的量，我就坚决不准他喝了……除此之外，潘哥还有胆囊炎和痔疮，这些病说起来不是什么大病，但发作起来，也是非常麻烦的。

不知不觉，我和潘哥在一起生活已经有两年多时间了。两年多来，我们没有争过一句嘴，他也从来没有说过我一句重话，我们就像这世上千千万万的老夫老妻一样，平凡而真实地活着。我们没有太多复杂的想法，我们只想着活一天算一天，因为像我们这样卑微的生命，本来就不该来到这个世界上。

2021.10.10 于贵阳

（全文完）

阿包

作者_阿包

产品经理_盐粒　装帧设计_别境Lab
技术编辑_顾逸飞　营销团队_营销与品牌部

果麦
www.guomai.cn

以 微 小 的 力 量 推 动 文 明

图书在版编目（CIP）数据

阿包 / 阿包著 . — 广州：广东人民出版社，2025.
1. — ISBN 978-7-218-18032-8

Ⅰ . I25

中国国家版本馆 CIP 数据核字第 2024GH4363 号

A BAO
阿包

阿包　著

版权所有　翻印必究

出 版 人：肖风华

责任编辑：李幼萍　刘志凌
特约编辑：刘　玲
责任校对：李伟为
营销编辑：云　子
装帧设计：别境Lab
责任技编：吴彦斌
特约印制：耿云龙

出版发行：广东人民出版社
地　　址：广州市越秀区大沙头四马路10号（邮政编码：510199）
电　　话：（020）85716809（总编室）
传　　真：（020）83289585
网　　址：http://www.gdpph.com
印　　刷：北京美图印务有限公司
开　　本：787mm×1092mm　1/32
印　　张：9.625　**字　数**：108千
版　　次：2025年1月第1版
印　　次：2025年1月第1次印刷
定　　价：48.00元

如发现印装质量问题，影响阅读，请与出版社（020-85716849）联系调换。
售书热线：020-87716172